KB055931

권태주의자

파란시선 0046 권태주의자

1판 1쇄 펴낸날 2019년 11월 20일
지은이 김도언
디자인 최선영
인쇄인 (주)두경 정지오
펴낸이 채상우
펴낸곳 (주)함께하는출판그룹파란
등록번호 제2015-000068호
등록일자 2015년 9월 15일
주소 (10387) 경기도 고양시 일산서구 중앙로 1455 대우시티프라자 B1 202호
전화 031-919-4288
팩스 031-919-4287
모바일팩스 0504-441-3439
이메일 bookparan2015@hanmail.net

ISBN 979-11-87756-56-9 04810
    979-11-956331-0-4 04810 (세트)

값 10,000원

권태주의자

김도언 시집

시인의 말

가는 말과 오는 말 사이에서
멈추는 말을 오랫동안 생각하고 찾았으나
늘 실패했다.

나에게 오다가 멈춘 너의 말
너에게 가다가 멈춘 나의 말
멈칫멈칫 멈춘 말들의 미래를 상상한다.
닿지 않아서 숭고한 말들의 미래

실패할 테지만 그 말을 찾아 또 떠나야 한다.
실패는 나의 가장 은밀한 사생활.
밀과 보리가 자란다.

차례

해설

제1부

고해성사

나는 20세기에 태어났습니다. 내가 원하지 않은 풍문들과 벌이는 성스럽고 합리적인 방탕에 참여하기 위하여. 그리고 나는 21세기에 죽었습니다. 최선을 다해 더러워져서 최후까지 감추려 했던 자부심의 노골적인 적막을 완성하기 위하여. 나는 이토록 성실한 죄인이 되어 가장 고전적인 용서의 소비자가 되었습니다.

불과하다

1

아버지는 애매한 나이에 죽었다. 비상하는 새보다 조롱에 갇힌 새가 아름다울 수 있다고 아무도 알려 주지 않았다. 아버지가 좀 더 일찍 죽었다면 나는 새장을 짜는 기술자가 되었을지도 모른다. 그게 아니면 더러운 옷을 입고 누운 채로 구름을 보는 것을 좋아하는 사람이 되었을 수도 있다. 흰 구름 사이로 날아가다가 갇혀 버린 검은 새를 상상하는 것이다. 아버지가 침묵으로 일관할 때, 형의 악보에 검은 잉크 방울이 떨어졌다. 나는 형의 여자들과 불화했다. 그들의 메모를 고의적으로 형에게 전달하지 않았다. 그리고, 깨달았다. 허술한 방문을 잠그고 깊은 잠을 잘 수 없는 청춘의 헛걸음을. 형의 이름이 검둥이 조(joe)였다고 해도, 어머니가 이슬람교도였다고 해도 나는 나에 불과하다. 나에 불과하다는 것, 이것은 나에게서 처음 목격된 흉터다.

2

그물을 빠져나간 물고기들, 신분을 알 수 없는 동료들

과 철 지난 모자들, 그리고 기억나지 않는 장례식들, 순진한 식당과 정류장들. 내가 나에 불과하다는 것은 이런 것들 사이에서 담담한 표정으로 서 있는 것이다. 누군가 애매한 나이에 죽을 때, 남겨진 자들은 예외 없이 그릇된 판단을 한다. 식탁을 부수고 혼자서 밥을 먹기 시작하는 것이다. 그땐 이미 방문을 잠글 수도 없다. 어느 날, 어머니가 평생 애인을 만들지 않았다는 사실을 깨달았다. 정신의 가난이 자라 담쟁이넝쿨처럼 앙상한 무릎을 타고 머리끝에 올라선다. 그건 고결함 때문이 아니고 무심함 때문이란 걸 당신은 아는지. 서랍을 열고 알약의 색깔을 주판알처럼 맞춰 보던 밤, 이 모든 것은 나는 나에 불과하다는 신념이 사주한 풍속이었으니, 불과하고 또 불과하다.

갈라파고스

　어디에 있을까 갈라파고스, 오래전 잊혀진 사람, 깊은 밤 차에 치여 죽은 가수의 이름 같아, 앞에 루치아 같은 이름이 붙으면 더 슬프고 아름답겠네. 루치아 갈라파고스는 저녁보다 낮은 목소리로 초월이나 피안, 가난한 날씨를 주로 노래했지. 잊혀지기 수월한 것들을 사랑한 게 그의 잘못이었거든. 그는 이따금 노랫말 속에 우는 여자를 등장시키기도 했어. 이를테면, "여자가 발가락을 만지며 울고 있네." 같은 문장을 노래 속에 집어넣었지. 갈라파고스, 자주 엎드려 통곡했던 가수의 이름 같아, 앞에 루치아라는 이름이 붙으면 더 외롭고 눈부시겠네. 그는 오래된 섬에서 흰 수염처럼 슬픔의 전설을 기르고 어느 날 문득 노래 부르는 사람이 되었지. 그 무렵 막 사랑을 시작한 우리는 그의 노래를 듣는 것이 좋았네. 그냥 좋았네.

●갈라파고스: 남아메리카 동태평양에 있는 에콰도르령(領) 제도로 살아 있는 자연사 박물관이라 불리는 19개의 섬으로 이루어져 있다. 아메리카 대륙으로부터 1,000㎞ 떨어져 있으며, 찰스 다윈의 진화론에 영향을 준 섬으로 유명하다.

어떤 방에 대한 기억
—신동옥에게

우리 집에 수줍게 세 든 뒤
7년을 함께 산, 시 쓰는 신동옥,
나는 그 기이한 이름을 가끔
'시인동옥'이라고 늘여서 발음해 보곤 했다
그것은 언제나 내겐 좀 벅찬 일이었다
동옥은 며칠 전 새벽에
자신이 살던 옛집에 유령처럼 들러
그가 살던 방에서 글을 쓰고 있던 내 아내에게
장미 한 송이와 아이스크림을 건네더니
형에게 전해 주라고 했단다
나는 그 시간 깊은 방 이불 속에 웅크리고
비몽사몽간에 아래층에서 들리는 어떤 사내의
몽롱한 목소리를 들었다
그가 시인인지 강도인지 아니면, 아내의 정부인지
나는 밤마다 도지는 깊은 병에 자발적으로 피랍되어
있었다
피랍된 자가 기억을 찾으러 온 자의 목소리를 듣는 것
이다
동옥은 열심히 잠도 안 자고
최선을 다해 밥도 안 먹고 체중이 자꾸 줄어도

술만 마시고 지극히 두껍거나 지극히 얇은 책만 읽었다

그리고 날마다 자라나는 술병들을 치웠다

그의 마른 몸은 아마도

많은 사람들에게 뼈아픈 상상력의 기회를 제공했을 것
이다

그러니까 그는 매우 너그러운 상상력의 공여자였다

그의 몸에 대해서 조금만 더 말하자

만약에 그가 여자였다면,

나는 그 몸의 볼륨을, 그 볼륨의 결여된 은유를

탐내지 않을 수 없었을 것이다

그래, 동옥은 오직 결핍만이 풍요로운 자였다고 진술
해야 한다

나는 그의 집주인이었으니까 이 정도의 자격은 있다

그는 아침 햇살이 창턱을 넘어오면

함정 같은 방을 나와,

겨드랑이나 사타구니에 핀 곰팡이를 툭툭 털고

책 한 권을 들고는 집 앞 산속으로 자주 들어갔다

들어갔다가 석양빛이 이슥할 즈음

허기를 채운 맹수처럼 천천히 걸어서 돌아왔다

그가 세간을 거두어 떠난 뒤,

나는 그의 빈방에 가급적 내려가지 않았다
그 이유를 나는 조금도 알고 싶지 않다
세상에는 모르면 좋을 것들이 존재하는데,
나는 이것도 여기에 해당한다고 믿는다
달포쯤 뒤, 술김에 들어가 방 한가운데 섰다가
손이 먼저 장판과 벽지를 뜯어보니,
거기 잘 발효된 누룩의 언어들이, 정신의 비늘들이
일제히 뛰쳐나와 깊고 푸른 대기 속으로
뿔뿔이 흩어지는 것이었다
그것은 어쩌면 주인을 찾아가는 먼 길인지도 몰랐다

섹스보다 안녕

섹스보다 안녕, 멀리서 담배 연기처럼 흔들리는 당신이 내게 말했다. 내일 아침엔 배가 뜰 거야. 우수와 농담을 다 버리고 이곳을 떠나자. 망명지에서 교복을 입은 소녀들을 바라본다. 그들은 거기에 있다. 서러운 짐승의 영은 숲으로 돌아가라. 섹스보다 안녕, 초원에서 추는 왈츠의 리듬과 절지동물들의 이름을 외울 것, 우리의 연애는 거기에서 시작되었지. 습관적으로 접두사를 사용하고 커피에 설탕을 넣지 않을 때 당신은 완성된다. 안녕의 상상력을 흉내 낼 수 없는 섹스를 내버려 두자. 미지는 미지에서 오는 것, 섹스보다 안녕, 멀리서 바다처럼 흔들리는 당신이 내게 말했다. 화석처럼 굳어 있는 사랑을 만지고 마침내 우리는 헤어지자. 당신은 나를 아는 최후의 사람, 우리는 모두 섹스보다 안녕. 당신은 아는가, 우리의 섹스는 우리가 통과했던 가난처럼 귀여웠다. 당신이 흔들린다, 당신을 흔든다.

내가 오리고기를 구울 때

당신이 지하철에 지갑을 두고 내릴 때
나는 오리고기를 굽고 있었다
당신이 좋아하는 가수로부터 사인을 받을 때
나는 오리고기를 굽고 있었다
당신이 애완견의 항문낭을 짤 때
나는 오리고기를 굽고 있었다
당신이 병원에서 늙은 의사의 촉진을 받을 때
나는 오리고기를 굽고 있었다
당신이 애인에게 이별을 통보하는 문자를 보낼 때
나는 오리고기를 굽고 있었다
당신이 백화점 안에서 소매치기를 당할 때
나는 오리고기를 굽고 있었다
당신이 초등학교 동창과 혀를 핥으며 키스할 때
나는 오리고기를 굽고 있었다
당신이 피아노 앞에서 잇단음표 두 개를 놓칠 때
나는 오리고기를 굽고 있었다
당신이 동생의 생일 케이크를 사기 위해 제과점에 갈 때
나는 오리고기를 굽고 있었다
당신이 시의 첫 문장을 고칠 때
나는 오리고기를 굽고 있었다

당신이 후쿠오카로 가는 항공권을 알아볼 때
나는 오리고기를 굽고 있었다
당신이 베고니아 이파리에 손을 뻗을 때
나는 오리고기를 굽고 있었다
당신이 영화를 보며 울고 있을 때
나는 오리고기를 굽고 있었다
당신이 모텔의 숙박료를 흥정하는 애인의 등 뒤에 서
있을 때
나는 오리고기를 굽고 있었다
당신이 깎은 발톱을 어디에 버릴지 고민할 때
나는 오리고기를 굽고 있었다
당신이 샤워를 하고 머리카락을 말릴 때
나는 오리고기를 굽고 있었다
당신이 친구의 결혼식에서 웃고 있을 때
나는 오리고기를 굽고 있었다
당신이 아무도 몰래 늦은 점심을 먹을 때
나는 오리고기를 굽고 있었다
당신이 택시 기사로부터 희롱을 당할 때
나는 오리고기를 굽고 있었다
당신이 무릎을 꿇고 기도할 때

나는 오리고기를 굽고 있었다
당신이 오리고기를 굽고 있을 때
나는 오리고기를 굽고 있었다

실존에 대하여

편의점에서 라면을 먹으며 스포츠신문을 읽는 고시생, 불우한 시인의 요절을 질투하는 예술가들, 지하철 구내의 쓰레기통을 뒤지는 사람, 소설책을 쟁반 대용으로 사용하는 사무원, 욕을 잘하거나 목소리가 큰 남자, 철학 없는 영화배우, 보이는 것만 믿는 목사, 카페에서 짧은 스커트를 입고 혼자 술을 마시는 여자, 일요일 아침 한강공원에서 산보를 하고 집 앞에서 세차를 하는 공무원, 책 읽기를 두려워하는 평론가들, 병든 아이를 품에 안고 병원 대기석에 앉아 있는 여자, 도서관 정기간행물실의 사서와 눈인사를 나누는 할아버지, 안양이나 청송감호소의 수감자들, CGV에서 패키지로 영화를 보는 사람, 빵이 구워지는 냄새를 맡으면서 바이올린을 켜는 부자의 어린 아들, 모텔을 까다롭게 고르는 원조 교제 소녀, 헤드셋으로 귀를 틀어막고 콘이나 림프 비스킷을 듣는 학생, 취재원에게 식사와 커피를 얻어먹는 기자들, 지하도 난간을 부여잡고 숨을 헐떡이는 노파, 새벽 기도에 빠지지 않는 당뇨를 앓는 중년 부인, 동대문시장에서 구제 청바지를 파는 아주머니, 에어컨 혹은 복사기 설치 기사, 생수 배달자들, 활자 중독자들, 배신자들, 처녀들, 학원 수강생들, 상습절도자들, 고위 공직자들, 약혼자들, 예비 자살자들, 사이비 신도들, 교육자들, 정신병자들, 상담자들, 만성피로자들, 각종 팀장들, 장애자들, 감기 환자들, 열등한 후보 선수들. 나에게서 내가 아닌 그림자를 기다리는 동안, 오후 두 시 삼십 분이 지나간다.

미지를 확인하는 기술에 대하여

도요새가 외다리로 서서 처녀의 불안한 긍지를 지키고 있을 때, 폐차 직전의 트럭과 우울한 수컷 고라니가 한밤의 도로에서 마주칠 때, 모래바람이 안개의 사타구니를 소문도 없이 관통할 때, 아아오오 우는 술주정뱅이의 술병이 비어 갈 때, 관현악단 팀파니 연주자가 바순 연주자를 전폭적으로 짝사랑할 때, 내성적인 연필이 오래된 표정으로 살을 깎을 때, 나무 의자가 묘목으로 만개할 때, 우울증 환자가 눈동자에 굵은 소금을 뿌릴 때, 당신의 무릎이 당신의 외출을 염탐할 때, 당신의 미용사가 당신의 목을 긴 가위로 찌를 때,

첫사랑은 마지막 사랑을 어떻게 지배하나요

당신의 구두가 마침내 붉은 이마의 정상에 올라설 때, 수줍음 많은 사막이 낙타의 근심 속에서 석양과 연합할 때, 아아오오 우는 술주정뱅이의 술병이 다시 채워질 때, 택시 기사가 멀미약을 사러 약국 문을 두드릴 때, 엄마의 첫사랑이 철창을 부수고 탈옥할 때, 자살 희망자가 또 다른 자살 희망자와 약혼할 때, 악덕 자본가들이 허기와 고독과 기품으로 연명할 때, 애인의 종교와 우상이 혐오스

러울 때, 전철에서 만난 지명수배자가 노인에게 자리를 양
보할 때, 당신의 오랜 주치의가 당신의 질병을 질투할 때,

죽음의 현재와 사랑의 미래는 어떻게 연결되나요

그해 겨울은 훌륭했네

내가 죽으면 장례식장에 오겠다고 말한 건 당신이다. 당신을 토막 내서 냉장고에 집어넣는 건 일도 아니다. 당신과 나는 십 년 전 겨울, 도르트문트에서 이별했다. 당신은 베이글과 홍차를 아주 좋아했고 나는 속으로 당신의 취향을 경멸했다. 당신은 북아프리카의 따뜻한 나라에 가서 살고 싶다고 말했다. 눈 위를 바람이 쓸며 지나간다. 바람이 불러오는 건 마지막 체온의 기억. 북아프리카에서는 연일 부정 축재자를 축출하기 위한 시위가 열렸다. 유인물이 뿌려지고 확성기가 울려 퍼졌다. 군인들의 휴가가 연기되었다. 내가 죽으면 장례식장에 오겠다고 말한 건 당신의 희망 사항이다. 나는 그 희망에 입 맞추지 않겠다.

잎이 넓은 활엽수들은 잎이 뾰족한 나무들에 대해 자부심을 갖는다. 열대가 학살된 경험 때문이다. 눈이 쌓였던 나뭇가지에서 움이 터 올 때 얼음을 먹은 아이가 쑥쑥 자라나 첫 번째 연애편지를 쓴다. 그는 백화점이 쏟아 내는 허다한 고독과 가난의 구매자가 될 것이다. 북아프리카의 정부군이 총을 쏘자 나뭇가지에 쌓인 눈이 떨어진다. 나는 당신의 위대하고 더러운 애인이다. 나는 부끄러운 유물일 가능성이 있다. 택시가 새벽 기도를 다녀오던 노파를 치고 달아난다. 노파의 깨진 안구에 둥그렇게 피가 고인다. 치매에 걸린 또 다른 노파는 피망와 배추 한 포기를 세탁기에 넣는다. 유인물과 당신과 확성기의 겨울. 그 훌륭한 겨울을 다시 가질 수 없을 것이다.

소설가 K의 하루
―무의식을 기술하는 서사 전략

1

무려 45억 년 동안 잠들었다가 깨어난 소설가 K는 친구들을 만나기 위해 외출 준비를 하기 시작했다. 하얀 목을 가진 K는 청색의 스트라이프 남방에 오렌지색 카디건을 걸쳤다. 약속 장소에 도착했지만 K는 친구들을 만날 수 없었다. K의 친구들은 그가 잠든 사이 모두 전쟁에 참가했기 때문이다. K는 25억 년 전 실연을 당했던 기억이 떠올랐다. 마지막 키스의 온기가 손등에서 미끄러지고 있었다. 그때 고층 아파트 너머로 포성이 들리고 군용 앰뷸런스들이 분주히 거리를 오갔다. K는 실연의 기억이 가져다준 슬픔과 피로에 젖어 집으로 돌아가기로 했다.

2

어느 골목에 이르렀을 때 K는 오랫동안 굶주린 하얀색 토끼와 마주쳤다. 토끼의 눈은 붉고 두 개의 귀는 운동화 끈처럼 서로 묶여 있었다. 토끼는 작은 입을 열심히 움직이며 잠수함을 타고 심해를 다녀오는 길이라고 말했다. K는 자신의 눈과 귀를 의심하면서 두 손으로 안구 주위를 문질렀다. 토끼는 심해에서 통용되는 윤리와 가난한 상상력에 대해서 한참을 설명했지만 K는 반 정도만 알아들을 수 있었다. 토끼는 자신의 묶인 귀를 풀어 주는 사람에게 자신의 붉은 눈동자를 주겠다고 말했지만, 그 말 역시 K는 알아들을 수 없었다.

3

K는 고독한 왼손잡이 신문팔이 소년과 구겨진 신문지나 스카프 안에서 비둘기를 탄생시키는 마술사의 집을 지나쳤다. 집으로 돌아가는 길은 멀고 멀었다. 참전한 K의 친구는 모두 일곱, 그중 다섯은 이미 전사했다. K의 머리 위로 한쪽 날개에 불이 붙은 전투기가 기우뚱 날아갔다. 공포와 불안이 충분하다고 느꼈을 때, 어디선가 날아온 유탄이 K의 무릎을 바늘처럼 파고들었다. K는 쓰러졌고 그의 자존심은 걷잡을 수 없이 허물어졌다. 순간 포성이 멎고 살아남은 두 명의 친구가 화환을 목에 걸고 고향에 돌아왔다. 두 친구는 무릎을 잃은 K를 그냥 지나쳤다. K는 그들이 학교에서 가장 유명했던 열등생들이라는 걸 겨우 기억해 냈다.

일인용 사막

　가려운 눈동자를 다섯 번 씻으며 당신이 사막의 초입에 겨우 당도했을 때, 앵두나무와 앵무새가 언제부터 눈이 맞았는지 말할 수 없는 혀는 날카로운 이(齒) 사이에서 수상한 부드러움을 키웠다.

　당신의 방언을 이해했던 친구들이 줄지어 네모난 모니터 속으로 망명하는 동안 사막은 무럭무럭 당신에게서 멀어져 갔다. 당신은 야위었고 친절한 영양사가 당신의 식단에 개입했다. 한눈을 파는 사막의 정령을 붙잡기 위해 당신은 최선을 다해 선인장을 가꾸고 낙타에게 구애를 보냈다. 매일매일 실종된 의자와 책상들의 토막 시체가 야산에서 발견되었다. 갈증은 무서운 기억 같은 것, 갈증은 무언가 찢어진 소리를 내부에 보관하는 것. 팔꿈치처럼 딱딱한 기억을 어루만지며 노래를 부르자, 사막의 하늘 위에 처음으로 비구름이 끼었다. 사막의 원주민임을 자처하는 노인이 나타나 사막이 필요한 이유를 말해 보시오 물을 때, 사막이 거기 있기 때문이라고 대답한다면, 당신은 눈 깜짝할 사이에 살해될지도 모른다.

　사막에 들어선 순간 당신은 명심해야 한다, 당신에게

사막이 필요한 이유는 갈증이 필요하기 때문이란 걸. 당신이 이미 갈증이고 사막이다. 당신이 키운 갈증의 내력이 거기에서 꿈틀거리며 모래언덕을 움직인다.

당신

　당신은 지구에서 가장 친절한 사람의 목소리를 갖고 싶다고 말한 적이 있다. 그 말을 들었던 이가 오래전 죽은 것은 온전히 당신의 불행이다. 매일매일 당신은 무릎 아래에서 올라오는 동생들의 저녁을 돌보고 어머니의 길고 긴 목을 닦아 주었다. 오랫동안 배를 타다가 육지로 돌아온 거친 사내들은 당신의 생밤 같은 얼굴을 만지고 싶어 했다. 당신은 그중 한 사내의 힘줄을 아무도 몰래 끊고 싶었다. 숲 쪽으로 세 번, 바다 쪽으로 두 번 울었던 여름, 당신은 정갈하게 애인과 헤어졌다. 피로 쓴 편지를 주고받은 적 없었으나, 심장에 그어진 파문 때문에 당신은 오랫동안 잠들지 못했다. 당신은 애인의 허리가 가르쳐 준 굴욕을, 손톱을 베어 내며 조금씩 떠올렸다. 하얀 종아리를 가진 애인을 죽이지 못한 것이 후회됐다. 달도 뜨지 않은 밤이 깊어, 마당에 매어 둔 자전거들이 말처럼 힝힝 울었다. 당신은 관대한 사람들의 생애가 종종 실패하는 것을 목격했다. 별과 비와 시, 눈을 감아도 너무나 잘 보이는 것들만이 문제였다. 어머니의 배꼽을 베고 눈을 감은 아버지의 싱거운 모험을 생각하기도 했다. 동생들은 더디 자랐고 당신은 오랫동안 당신에 머물렀다.

농담처럼

농담은 외로운 사람들이 주로 하는 것으로 알려져 있지만 여자중학교 교실에서 소녀들 사이에 오가는 농담은 싱싱한 간처럼 푸르다. 농담은 조심성 없이 슬레이트 지붕 위를 걷는 고양이의 걸음걸이 같은 것이기도 한데, 술 취한 공무원들에게 종종 터무니없는 위협을 받는다. 깊은 숲속에 사는 얼음의 부족이 농담을 차지하기 위해 늠름한 적과 목숨을 걸고 전투를 벌이는 동안, 오래된 연인들은 섹스처럼 또 하나의 농담을 주고받는다. 농담이 성장하기 위해서는 충분한 일조량이 필요한데, 반지하방에 기거하는 독거노인의 농담은 그래서 병색이 완연하다. 생의학자들은 농담의 줄기세포를 연구했지만 아직까지 이렇다 할 성과는 없다. 병실에서 쓰이고 남은 농담들은 거즈로 깨끗하게 닦인 후 냉동실로 보내진다. 목적 없이 비밀을 섬기고 싶은 농담은 자기 목에 칼을 들이대기도 하고 천천히 걷는 어린아이의 엉덩이 사이에 숨기도 한다. 다양한 종을 지닌 농담의 주 군락지는 적도 근처로 알려져 있다.

농담에 대한 고찰

1

백 년 동안 한 번도 농담을 해 본 적 없는 노인이 흰밥 앞에서 무릎을 꿇는다. 그 모습을 본 노인의 아들은 경건의 반대말이 음탕이 아니라 모험이란 걸 깨닫는다. 농담은 오랫동안 물을 마시지 못한 초식동물의 불안이거나 공중이 무서워 일부러 날개를 부러뜨린 독수리의 고독 같은 걸로 이해되었으나 최근 들어 침엽수림 한복판에 떨어져 아무도 몰래 자라는 이끼의 사심 같은 것이라고 수정되었다.

2

얼음이 익어 가는 겨울밤, 치명적인 모독으로 가장한 사랑의 표정이 농담의 순정을 이해할 수 있는 거라고, 인생을 긍휼히 여기는 자만이 농담이 진실보다 우아하고 거룩하다는 걸 안다고 믿기로 할 때, 농담은 죽어 가는 행려병자의 입에서 찬란하게 되살아난다. 농담은 낭만주의도 아니고 마르크스주의는 더더욱 아니며 다만 이상하고 드문 비애일 뿐, 그러니 이제 제발 농담을 내버려 두자. 잊어버리자.

낙타를 위하여

　의지도 없이 다짐도 없이 사막을 횡단하는 낙타야, 눈을 좀 더 크게 떠 봐. 네 옆구리를 긁어 봐. 그리운 것이 없어서 부지런한 낙타야, 옛 성터에 들어선 공장들의 의심스러운 굴뚝을 봐, 우리 동네를 장악한 눈부신 택시들을 봐, 택시에 성경책을 두고 내린 목사의 눈동자를 봐. 낙타야, 설탕처럼 녹는 모래알을 삼켜 봐. B급의 모독을 견디고 정오에 모텔에서 나오는 아버지와 딸을 봐, 그들의 아슬아슬한 우울을 봐. 낙타야, 한 번만 웃어 봐, 촛농 같은 비를 피하고, 흘러넘치는 낙조를 피하고, 사람들의 구두를 피하고, 마침내 무릎을 핥아 봐. 낙타야, 네가 침을 닦을 때 장롱 속의 바나나는 썩기 시작하지, 모든 것을 용서해 줄 테니, 낙타야, 개처럼 짖어 봐, 굵은 다리와 짧은 허리를 감추고, 낙타야, 눈물을 떨구는 대신 고개를 저어 봐, 낙타야, 쉬지 않고 젖을 짜서 강줄기를 내 봐. 내 얼굴에 대고 욕을 좀 해 봐, 낙타야, 얼어 죽고 물에 빠져 죽을 낙타야.

다큐멘터리, 봄날

　아버지가 입원하고 있던 대학 병원 간병동, 오래된 형광등을 제때 갈아 주지 않아 복도는 대체로 어두웠다. 어느 봄날 오후, 그 복도 끝 휴게실에서 어떤 환자가 풍선 인형처럼 쓰러졌다. 아버지와 같은 병실을 쓰던 남자였다. 그가 쓰러진 자리엔 그의 입에서 흘러나온 피와 침이 낭자했다. 나는 본능적으로 코를 틀어막고 고개를 돌렸다. 그는 그날을 넘기지 못하고 숨을 거두었다. 철망으로 구획된 양계장을 지배한 닭처럼 보이던 간호사들은 아무런 표정 없이 익숙하게 죽음을 처리했다. 나는 그들의 무정과 능률이 믿음직스러웠다. 이튿날 나는 취업 공부를 하던 형에게 아버지를 인계하고, 레오나르도 디카프리오를 좋아하던 깡마른 여자 친구와 교외 놀이동산에 갔다. 그곳에는 순해진 불곰이 공을 굴리고 있었고 아이들은 비누 풍선을 만들어 날렸다. 내가 공중 가득 퍼지는 팝콘 냄새를 맡는 동안 튤립의 꽃망울이 톡톡 터졌다. 누군가 입을 열어, 목련 하나 피고 사랑 하나 피는 봄이라 노래할 때가 절정이었다. 누구는 병원 휴게실에서 쓰러져 일어나지 못하고 같은 병실의 환자는 공포에 떨고 그의 아들은 지루한 취업 공부를 하고 있다. 나는 아마 여자 친구에게 독한 술을 마시자고 했을 것이다. 그리고 술에 취해 가면서 도

대체 아버지의 마지막 용서가 언제쯤이었는지를 상상하는 것이다. 그런 봄날도 있었다. 처참하고 민망한 청춘을 숨길 수 없어 몹시도 화가 났던 봄날이.

레비스트로스의 청바지

  물경 101세로 세상을 떠난 문화인류학자 레비스트로스
(C. Levi-Strauss)가 무질서와 우연에 기댄 삶의 샘플을 만
들기 위해, 자신의 이름과 같은 리바이스(Levi' Strauss) 청
바지를 입고 유인원의 유골을 채집하는 여행을 떠났다고
상상하자. 그에겐 제임스 딘 같은 늠름한 동행자가 없다.
그의 배낭 속엔 여벌의 청바지와 가죽 신발, 지식의 풍속,
상상력의 논문집이 들어 있을 뿐이다. 그는 결국 몇 차례
죽을 고비를 넘긴 끝에 유인원의 유적을 찾는 데 성공했
다. 통곡하는 열대와 희희낙락하는 냉대 사이에서 우리의
잠은 누구에 의해 보호되는가라고 물었던 유인원의 흔적
을 찾았을 때, 그는 인류가 불면증에서 구원될 수도 있겠
다고 생각했다. 그는 유인원의 불면증이 다음 날 자신의
치부를 무엇으로 가릴 것인지를 고민하면서 시작됐을 거
라고 추정했다. 레비는 자신의 생각을 친한 시인에게 들려
줘야겠다고 생각했다. 그다음 날 그는 내 형제들과 부모들
이 나누었던 언어가 해방시킨 것은 슬픔밖에 없다고 말한
유인원의 기록도 찾아냈다. 레비가 겸허하게 고개를 숙였
을 때 청바지 자락이 천막처럼 펄럭였다. 보풀이 일었다.
바람이 관통하는 세계 속에 얼마나 풍부한 결핍이 있는가,
얼마나 무한한 부재가 있는가. 레비는 청바지 호주머니에

유적지에서 채집한 작은 볍씨와 눈썹과 각질 조각을 넣었
다. 그러자 청바지에 불룩한 푸른 힘줄이 생겼다. 레비는
죽기 직전에서야 리바이스를 벗었다. 문화의 근육으로 단
단해진 청바지의 빛은 어지간히 바래 있었다.

삼인칭을 가장한 고백

지옥을 순례하기 위해 떠났던 시인 K는 결국 지상으로 돌아왔다. K의 입은 크게 벌어져 있었는데, 입천장에 오래전의 사건들이 기생하고 있었다. 그리고 손에는 두꺼운 백과사전이 들려 있었고 접혀진 페이지에는 모더니스트의 형편없는 인내력에 대해 적혀 있었다. K는 자신의 화려한 전과를 열거했다. 거짓말, 침묵 미수, 비만의 요설, 거짓 증거, 권태 탐닉, 누설, 치욕의 증여. K는 술도 마시지 않고 노래도 부르지 않았다. 수많은 사건과 수많은 주인공들이 안개 속에서 짝을 찾아 흩어졌다. K는 목젖을 손가락으로 건드려 지옥을 순례했던 기억을 토해 내기 시작했다. 구토를 마친 K는 사랑하다 죽어 버린 것들이 반듯한 나무가 된다고 말했다. 그의 말이 끝나자 흑암의 바람이 불어 대리석처럼 하얀 K의 얼굴을 더럽혔다. K는 자신에게 의도적으로 접근한 수도사들과 빈자와 가수들의 지나친 열정 때문에 오래도록 동경했던 죄를 저질렀다고, 담담히 고백했다. 그리고 더럽혀진 얼굴을 돌려서 생을 숨겼다.

문장 연습 1

　소음과 먼지로 가득 찬 세계를 사실상 지배하는 고요를 보기 위해, 열심히 사랑을 일으킨 병의 근거를 부인한 나는 당도하지 않을 미래의 위험한 족속이다. 때마침 주인에게 버림받은 개가 허공을 향해 텅텅 짖는다. 겁 많은 병사가 잘못 쏜 총소리 같다.

구두론

아버지는 장마철일수록 구두를 잘 닦아야 한다고 말했
다. 어쩌면 그것은 내 상상에 불과한 것인지도 모른다. 말
없는 아버지가 구두에 대해서 견해를 가지고 있다는 건 신
기한 일이다. 나는 아버지가 남긴 구두를 찾아본 적이 있
다. 나는 아버지의 구두 속에 들어갔던 아버지의 발을 상
상하고 싶었다. 아버지는 오래전 구두를 영원히 벗었다.
나는 스무 살이 되었을 때 낡은 가죽 운동화를 팽개치고
아버지의 구두를 몇 번 빌려 신은 적이 있다. 아버지의 구
두는 아버지가 신을 때 가장 씩씩하다. 구두는 불안의 늪
에 빠진 아버지의 발을 안전하게 감쌌을 것이다. 아버지
가 구두와 연결되어 있지 않을 때, 아버지는 장롱과 다를
게 없었다. 그는 책을 읽거나 낮잠을 잤다. 그때 구두는 아
무런 할 일이 없었다. 밖에서 죄를 저지르고 오랜만에 집
에 돌아왔을 때 아버지의 구두가 현관 앞에 놓여 있으면
그 앞에 무릎을 꿇고 싶었다. 구두는 지금쯤 주인을 잊었
을 것이다. 주인의 구두는 주인이 떠났을 때부터 늙기 시
작한다. 아버지의 구두를 상상하는 동안 내 구두는 거리
에 나가지 않았다. 구두는 아무 말 없이 검을 뿐인데, 주인
잃은 구두의 설움이 단단한 주름을 만든다. 굳어 가는 구
두의 주름은 아버지가 부리는 마술, 아버지는 지금쯤 살

을 발라내고 뼈로 탄생했을 것이다. 구두는 주인 몸의 끝의 발, 그 뼈를 감쌌던 것이어서 장마철일수록 잘 닦아야 한다고 말했다.

제2부

감자가 싹이 나서

감자는 싹이 났고
모자는 벽에 걸려 있어요
소녀들은 골목에서 배드민턴을 쳤고요
모자의 주인은 아무 이유 없이 술을 마셔요
오후 네 시가 되면
배드민턴을 치는 한 소녀가
나이 많은 남자를 사랑하게 되고
병원 복도에선 한 노인이 쓰러져요
모자는 벽에 걸려 있고
모자의 주인은 술을 계속 마시고
먹구름은 조금 더 짙어졌어요
감자가 싹이 나면
꽃집 선반에서 화분 하나가 바닥으로 떨어지고
도둑고양이들은 모독을 당하죠
모자는 벽에 걸려 있고
모자의 주인은 멈추지 않고 술을 마셔요
믿을 수 없이 이 모든 일이
감자가 싹이 나서요

속보

구슬을 가지고 장난치던 아이들

모두 서산으로 갔다

서산은 욕심 많은 실존주의자들의 거처

난쟁이가 자기 몸만 한 바이올린을 켜자

정숙하지 못한 처녀들이 웃었다

너를 사랑할 때, 고통을 사용하는 습관

호숫가에 불을 피운 청년들이 물고기를 유리병에 담
는다

이상한 질문에서 뛰어내리는 아이들

　여보세요, 이 세상의 모든 침묵 중에서 수요일이 제일 좋다는 것은 올바른 취미입니까. 그렇다고 말하고 열네 살짜리 아이가 아파트에서 뛰어내립니다. 여보세요, 이 세상의 모든 오해 중에서 피아노가 제일 좋다는 것은 가능한 도덕입니까. 그렇다고 말하고 열다섯 살짜리 아이가 아파트에서 뛰어내립니다. 여보세요, 이 세상의 모든 비밀 중에서 손수건이 제일 좋다는 것은 아름다운 용서입니까. 그렇다고 말하고 열여섯 살짜리 아이가 아파트에서 뛰어내립니다. 여보세요, 이 세상의 모든 약속 중에서 색연필이 가장 좋다는 것은 진실한 절망입니까. 그렇다고 말하고 열일곱 살짜리 아이가 아파트에서 뛰어내립니다. 여보세요, 이 세상의 모든 친절 중에서 소나기가 가장 좋다는 것은 섬세한 낭만입니까. 그렇다고 말하고 열여덟 살짜리 아이가 아파트에서 뛰어내립니다. 여보세요, 이 세상의 모든 사랑 중에서 가로등이 가장 좋다는 것은 예리한 타락입니까. 그렇다고 말하고 열아홉 살짜리 아이가 아파트에서 뛰어내립니다. 여보세요, 이 세상의 모든 기억 중에서 북서쪽이 가장 좋다는 것은 거룩한 환상입니까. 그렇다고 말하고 스무 살짜리 아이가 아파트에서 뛰어내립니다.

자원입대자의 노래

배경이될만한안개나비바람조차없는앙상한밤의창밖에팔
한쪽다리한쪽이없는상이군인한사람이서있고그에겐문과
대학에다니는아름다운딸이하나있는데평소아폴리네르를
즐겨읽는결혼을약속한그녀의남자친구는그녀에게아폴리
네르의삶과문학을신명나게이야기하니그소리가듣기에아
주좋더라

전쟁도필요한시대에는정작일어나지않는것을이해할수없
다며수학의미적분보다도칼쓰는법을먼저배웠던남자친구
에겐스마트폰액정을만드는공장에다니는이종사촌이있는
데그는상이군인의딸이며자기이종사촌과정혼한여자를남
몰래사모하였으나자신의국졸학력을부끄러이여기고상심
해하더니뒤늦게검정고시를준비하더라

차창밖으로때마침우거진숲이지나가고물러터진태양이지
나가고모든일컬음받지아니한無名이지나가고마침내세월
을이긴깨끗한슬픔이지나갈즈음밖에서놀다들어온아폴리
네르를즐겨읽는남자친구는이종사촌이자신의여자친구를
사모하는발원의기도소리를엿듣고는그날부터주야장천술
푸념으로세월을보내더니어느날갑자기머리가허옇게세면

서정신을놓아버리더라

그를진정으로사모하는상이군인의딸은백발의미치광이가
된남자친구에게서낭목아래서의백일치성을눈물로권하였
지마는남자친구는이를마다하고이종사촌에게자신의여자
친구를맡기고는입거른물로허리의칼을씻더니홀연히자원
입대를하고큰물건너전쟁을찾아나서더라

슬픈 산문시

어떤 문장을 쓰려다가 쓰지 않는다. 눈앞의 술잔을 들려다가 들지 않는 것처럼, 불붙은 머릿속의 철학이 불안에게 명령하는 것처럼. 당신에게 전화해야 하는데 추위 때문에 하지 못했다. 추위라는 독재 때문에. 독재자를 증오한다. 나를 지배한 당신을 증오한다. 당신은 좀처럼 죽지 않는다. 당신의 위대한 점은 그것 말고는 없다. 얼마나 나를 모독해야 당신의 비밀이 완성되는지 묻고 싶다. 한심한 일은 어디에든 있다. 이를테면, 어디선가 폭탄이 날아오면 지하철 역사 안으로 대피해야 한다고 정부의 당국자는 말했다. 외로운 사람들은 그 말을 복음으로 여기고 있다. 옆집 남자의 지나친 간섭에 항의하고 싶은데, 조금 더 참아 보기로 한다. 그는 젊은 정부와 살고 있다. 그가 미워도 나는 그녀에게 아무 짓도 안 할 것이다. 당신과 더불어 죽은 자들만이 경이롭다. 죽은 자가 입던 옷을 만지는 저녁, 양치기 소년의 외로운 거짓말과 선 채로 밤을 지샌 나무들을 생각한다. 어떤 문장을 쓰려다가 쓰지 않는다. 눈앞의 술잔을 들려다가 들지 않는 것처럼.

용서

미안해요,
제발 나를 용서하지 말아요,
당신이 날 용서하면 내가 당신을 용서하지 않겠어요,
나는 당신의 거룩함에 겁을 먹고
당신의 진실함에
눈동자가 따가웠어요,
그래서 최선을 다해 당신에게서 도망가려고 했어요,
월평동에서 동교동,
서교동에서 신사동까지,
20세기에서
21세기까지
나는 당신의 사랑과 진실을 감금했지요,
부디 나를 용서하지 말아요,
나의 어리석음과
나의 비겁함은 용서받아선 안 돼요,
당신이 날 용서하면 내가 당신을 용서하지 않겠어요,
당신에게 용서를 받아도 내가 날 용서하지 않겠어요

K의 장애

    실패하는 데 성공한 것으로 평가받는 시인 K는 우울증과 관련해 그 어떤 징후도 가져 보지 못한 콤플렉스가 있었다. 그는 주말마다 콤플렉스를 꺼내 체중계에 달아 보곤 했다. 견디기 힘든 것은 콤플렉스에서 풍기는 악취였다. 나무의 고독을 경외하고 가족과 불화하는 것이 그의 전략이었는데, 아주 가까운 사람조차 그것이 그의 고의라는 것을 깨닫지 못했다. 그는 동료 시인들을 좋아하지 않았고 늘 다니던 길로만 다녔으며 우연히 어깨를 부딪히는 사람에게 격렬한 살의를 느끼기도 했다. K는 물론 가족에게 전화 같은 걸 하지 않았다. 그는 누군가를 사랑하는 것은 자신을 사랑할 수 없을 때나 하는 짓이라고 생각했다. 그는 나쁜 짓을 하는 것을 부끄럽게 여겼지만 착한 아이들을 칭찬하지도 않았다. 참을 수 없을 정도로 화가 날 때는 탁구장에 가서 탁구장 주인과 내기 탁구를 쳤다. 그것이 그에게 있는 유일한 융통성이었다. 그는 자신이 살고 있다는 생각을 종종 잃어버렸다. 식초와 매운 것을 좋아했고 구두는 검은색만 신었는데 너무 자주 빨리 걷는 바람에 구두 굽을 자주 바꿔야 했다. 언젠가부터는 식초에 흥건히 젖은 구두코를 빨아 보고 싶다는 욕망이 생겼지만 그는 그것을 실행할 기회를 갖지 못했다. 그는 병적으로 강을 좋아했다. 특히 수변에 지어진 수영장을 좋아했다. 수영장에 딸린 탈의실에서 옷을 갈아입는 젊은 여자들의 이름을 상상하다 보면 지루한 계절이 금방 지나갔다. 가끔 그의 상상 속에서 놀라울 정도로 아름다운 언어가 태어나곤 했는데 그는 그것들을 모두 시에 사용하지는 않았다. 사실대로 말하자면 K는 가끔 시를 부정하기도 했다. 그의 시는 그의 미각과 그의 상상력을 모두 만족시키지 못했다. 그의 시는 언제나 열심히 역부족이었고 그의 인격이나 건강을 호전시키지도 못했다. 그가 할 수 있는 일은 계속 나쁜 시를 쓰는 것밖에 없었다. 그의 나쁜 시는 사람들에게 강렬한 인상을 심어 주었다. 젊고 어리석은 시인 몇몇은 그의 나쁜 시에 열광했다. K는 나쁜 시에 일가견을 갖게 되었다. K는 오랫동안 슬픔에 빠질 때도 있었다. 그것은 그가 경멸하고 조롱했던 것들을 용서할 때 찾아오는 것이었다. 하지만 그는 누구한테도 용서받지 못했고, 그것은 그를 용서할 가능성이 있는 모든 것들을 그가 난폭하게 척살했기 때문이다. 그는 힘껏 용서에서 도망쳐 장애의 세계로 나아갔다.

스티븐스의 아침

스티븐스는 자전거를 닦는다
차가운 겨울 아침
스티븐스가 털모자를 쓰고
자전거를 닦는다
그러니까 자전거를 닦는 일은
누군가에게는 아주 사소한 일일 테지만
스티븐스에겐 가장 스티븐스다운 일이다
스티븐스는 털모자를 벗고
자전거 바퀴에 달라붙어 있는 거리들의
혈액을 털어 낸다
혈액이 반짝인다
스티븐스가 지나간다
스티븐스가 지나간 자리에
그가 닦은 자전거가 있다
아침도 먹지 않고
자전거를 닦는
스티븐스의 아침은 겨울의 외부에서 돌아왔다
스티븐스가 털모자로부터 멀어진다
낙엽이 어슬렁거린다
스티븐스의 자전거는 한 번도 쓰러진 적이 없다

그걸 이해한 자 역시 스티븐스뿐이다

히키코모리의 고백

내 방의 무릎이 삐걱대고,
내 방에 갇힌 작은 새들 한꺼번에 바람을 만들고,
내 방의 창문에 이집트 무덤에서 수입된 성에가 끼고,
내 방의 노래는 항상 전주에 그치고,
내 방은 감기에 걸리고,
내 방의 습관은 묵언이고,
내 방의 유행은 철이 지나고,
내 방은 좋은 경험을 하지 않고,
내 방에 언제나 네가 없고,
내 방은 술에 취하고,
내 방은 망치를 맞고,
내 방은 백내장에 걸리고,
내 방은 좀처럼 강을 건너지 못하고,
내 방의 인내력은 약해지고,
내 방은 성대결절에 걸리고,
내 방은 심각해지고,
내 방은 농담과 멀어지고,
내 방은 고통과 임대계약을 하고,
내 방은 인후염을 앓고,
내 방은 불면증에 걸리고,

내 방은 오랫동안 내원하지 않고,
내 방의 주인은 방을 꾸미지 않고,
내 방은 주인을 호시탐탐 암살하려고 하고

엉덩이에 대한 명상

산책을 하다가 앞에서 걷는 어떤 여자의 엉덩이를 보게 되었다. 흰 항아리 같고 컵에 담긴 바닐라 아이스크림 같기도 한 엉덩이는 교과서를 읽지도 않고 관념에 잠기지도 않을 것이다. 엉덩이는 그냥 거기에 놓여 있는 우물과 같은 것이다. 엉덩이의 별칭은 감각의 조연, 침묵의 비만이다. 엉덩이는, 세계에서 가장 빠르다는 우사인 볼트가 100미터를 9.58초로 달릴 때에도 가장 늦게 따라간다. 우사인 볼트의 엉덩이 100미터 기록은 9.59초쯤 될 것이다. 가장 우아한 엉덩이는 공중에 떠 있고 움직이는 다리를 지배하는 엉덩이다. 그럴 때 엉덩이가 내뿜는 개성이 가장 팽창된다. 엉덩이가 정지한 채로 어딘가에 짓눌려 있는 것을 바라보는 것은 매우 괴로운 일이다. 니체의 정신착란과 푸코의 동성애를 유발시킨 것도 다름 아닌 그 무렵 그들이 목격했던 어떤 결정적인 엉덩이 때문일 것이라고 나는 확신한다. 엉덩이에겐 제스처가 없고 표정이 없다. 우리의 손이나 팔, 무릎과 다리와 목은 제각기 표현에 집착한다. 작은 뼈를 움직이면서 아우성을 친다. 하지만 엉덩이는 표현하지 않고 침묵한다. 엉덩이에는 작은 뼈도 없고 관절도 없기 때문이다. 엉덩이에게는 트라우마가 없고 엄살이 없고 애교가 없다. 손과 팔과 무릎과 다리는 다른

손과 팔과 무릎과 다리를 부러뜨리거나 해칠 수 있다. 이
를테면 무릎과 무릎이 부딪히면 어느 한 무릎이 깨지고,
손과 손이 부딪히면 어느 한 손이 크게 더럽혀진다. 그러
나 엉덩이가 다른 엉덩이에 부딪힌다면 그건 바다가 갈라
지는 것처럼 장엄한 전설이 되는데, 엉덩이는 가장 수상
한 육체이기도 해서 그 속에 진실보다 깊은 비밀이 산다.

코페르니쿠스적 가설

고개를 숙이고 빨리 걷는 사람과
거짓말 잘하는 사람이 결혼을 해서
낳은 아이가
달맞이꽃이 될 가능성은 얼마나 될까.

나는 지금 질투를 다스리는 법에 대해
말하고 있지 않다.
말할 수 없는 것에서부터 시작되어야 하는
절정의 관습에 대해 말하는 것이다.

오른 손바닥으로 뒤통수를 덮고
엎드려 자는 사람과
목이 긴 사람이 결혼을 해서 낳은 아이가
빨간색 훌라후프가 될 가능성은 얼마나 될까.

나는 지금까지 단 한 번도 폐허에 대해
말한 적이 없다.
행성이 좌표를 바꿀 때 어느 시인이 돌연사하는
점성술의 사실주의적 경향에 대해 말하는 것이다.

입술이 얇은 사람과
습관적으로 설사를 하는 사람이 결혼을 해서
낳은 아이가
외로운 밤의 비가 될 가능성은 얼마나 될까.

나는 부주의한 사랑의 어리석음을
묘사한 적이 없다.
꽃과 독버섯이 다투지 않고 피는
저 아름답고 폭력적인 고요를 말했을 뿐.

당신의 지옥은 저쪽입니다

© 김도언

당신의 지옥은 저쪽이야.
왜 그런지는 가 보면 알지.
저쪽은 당신이 태어나지 않은 유일한 곳이고
당신이 돌아가야 하는 곳이거든.
당신은 욕망과 함께
어디서든 매일 태어났잖아.
저쪽의 체제, 다시 말해
저쪽의 고통과 폭소
저쪽의 고통과 폭소와 휴일
저쪽의 고통과 폭소와 휴일과 소음
저쪽의 고통과 폭소와 휴일과 소음과 동경이

당신의 삶을 영원히 보호할 거야.
저쪽으로 가는 길은
낙석주의 표지판이 서 있고
서러운 늑대의 거처가 있다고 알려져 있지만,
당신이 저쪽으로 가는 동안에는
아무 일도 일어나지 않을 거야.
당신의 반대자들이 일제히 비난을 멈추는 것,
당신의 저격수들이 총구를 식히는 것,
그것이 바로 지옥의 능률이거든.
당신이 저쪽으로 가는 데 동의만 한다면
그들은 안심하거든.
당신의 최후를 겨냥하지 못한 태만을 자책하는,
저쪽의 풍속을 처음 목격한 이가
딱 한 번 고개를 돌려 뒤를 돌아볼 때
당신은 안전하게 지옥에 도착하게 돼.
그곳에서 부디 사랑하며 행복하게 살기를.

의자

　낡은 다세대주택 옥상에서 허름한 차림의 노인이 의자를 만들고 있었다. 그는 자신이 앉을 의자는 단 한 번도 만들어 본 적이 없었고 의자에 어떤 철학을 갖고 있지도 않았다. 노인 옆에는 거의 절을 하듯 엎어져 있는 깊은 병에 든 그의 아들이 있었다. 그의 등은 굽었고 어깨는 안쪽으로 휘어져 있었다. 노인은 자신이 만든 의자에 앉아서 쉬어 가는 나그네를 기다리기로 했고, 그 나그네가 아주 낡은 군복을 입은 사람이면 좋겠다고 말했다. 아들이 그 말을 들었다. 아들은 이미 쉰 살은 돼 보였는데, 노인이 톱으로 나무를 자를 때마다 힘껏 박수를 쳤다. 변덕스러운 날씨는 간간이 햇볕과 비를 뿌렸다. 이윽고 나무를 다 자른 노인이 거친 숨을 몰아쉬며 의자의 모양을 짜 맞추고 못을 박기 시작했다. 곧 보잘것없는 그의 체력은 바닥이 났다. 어디선가 바이올린 소리처럼 가느다란 비명 소리가 들렸다. 노인은 휘청거렸다. 마른벼락이 내리치는 듯도 싶었다. 노인이 정신을 차렸을 때, 노인은 아들의 등과 이마에 못을 박고 있는 자신을 발견했다. 옆에는 엉성한 모양을 갖춘 의자가 아들이 그랬던 것처럼 절을 하듯 엎어져 있었다.

사계

봄은 엉덩이의 폭소와 같다고 말했던 이는 서산(西山)을 지키는 노인이 되어 하루 종일 염소하고만 대화를 한다. 여름은 발목의 하품에서 태어나 허리의 침묵에서 죽는다고 말했던 이는 호수에 몸을 던졌고, 신기하게도 가을에 대해서 말한 이는 아무도 없었다. 겨울은 어깨의 농담에서 태어나 팔꿈치의 고독에서 해탈한다고 말한 이는 첫눈이 오던 날 교통사고로 죽었다. 사실상 위장된 타살이었다.

비밀 하나를 알려 줄게, 나는 진실하지 않아서 진실한 것만 사랑하지.

서산을 지키는 노인이 산을 내려와 너는 왜 자꾸 이상한 말을 하느냐고 물으면 글쎄요 그건 이상한 말의 정치성이 나를 욕망하기 때문인 것 같아요, 라고 대답할 거야. 오늘 밤도 내일 밤도 눈을 감으면 모든 것이 자취를 감추고 나만 남는 것인데, 내가 없어지기 위해서는 모든 사람들이 눈을 감아야 하는 걸까. 내가 방금 털어놓은 말은 최악의 농담인데, 당신은 왜 지겹도록 자꾸 내게 훌륭하다고 말하나.

소년 단원의 비눗방울

　슬럼프에 빠진 소년 합창단원들이 종종 비누를 먹는다는 소문이 돌았다. 무서운 단장의 권고로 비누를 먹는다는 것이다.

　목소리가 나오지 않아 슬픔에 빠진 소년 단원들이 꼭꼭 씹어서 비누를 삼킬 때 그것을 만류한 이는 아무도 없다. 세상은 소년의 아름다운 목소리를 원했기 때문이다. 간혹 비누를 갉아먹는 쥐가 소년 단원들의 이상한 식성을 질투할 뿐이었다. 꾸준히 비누를 장복한 소년 단원 중 하나가 입을 열어 중얼거렸다. 나는 다시 세상에서 가장 아름다운 목소리를 가지게 될 거야. 그는 희망 때문에 조급해졌다. 그런데 소년이 입을 열 때마다 소년의 입술에 비눗방울이 팝콘처럼 매달렸다. 입을 열 때도 노래를 할 때도 비누를 먹은 소년 단원의 입에서 비눗방울이 흩날리기 시작했다. 놀란 청중들은 박수를 치며 환호했다. 소년 단원들의 입에 달린 비눗방울은 애드벌룬처럼 부풀어 올랐다. 터뜨려도 터뜨려도 계속 나오는 비눗방울은 콘서트홀을 가득 채울 기세였다. 그 일이 있은 후 단장은 소년 단원들을 한 명씩 불러 면담했다. 세상에서 가장 아름다운 목소리를 갖고 싶거든 입을 크게 벌려 보렴. 신기하게도 며

칠이 지난 후의 공연에서는 더 이상 비눗방울은 흩날리지 않았다. 대신 날카로운 비명만이 콘서트홀을 가득 메웠다.

단장은 기술자를 고용해 소년 단원들의 목에 생선 가시 하나씩을 박아 넣은 것이었다. 가시는 비눗방울 같은 명랑한 것들의 경제를 모두 학살했다.

퇴역 대령의 토마토 사랑

기온이 섭씨 42도까지 올라간 폭염의 날씨였다. 대령이 내게 전화를 걸어 옥상에 있는 토마토나무에 물을 주라고 명령했다. 나는 그 짓을 128년째 해 오고 있는 터라 다소 짜증이 났지만 옥상에 올라가지 않을 수 없었다. 대령이 얼마나 극진히 토마토를 사랑하는지 알고 있었기 때문이다. 옥상의 육중한 철문을 열었을 때, 버려진 소파 위에서 기껏 스무 살이나 먹었을 남자와 여자가 거칠게 사랑을 나누고 있는 것이 보였다. 남자는 빨간 머리였고 여자는 다리가 길었지만 납작하고 볼품없다는 데서 두 사람의 몸은 조금도 다르지 않았다. 난 땀으로 얼룩진 그들의 몸이 양은으로 만든 주방 기구만큼이나 가여워 보여서, 그들의 몸에 물을 끼얹었다. 토마토의 갈증은 더욱 깊어졌다. 그때 옥상의 난간을 넘어 하얀 수탉 한 마리가 날아왔다. 이런 결정적인 순간에 날아올 줄 아는 수탉은 인간의 철없는 모험이 못마땅하다. 닭이든 인간이든 육체는 구원받을 수 없다는 걸 수탉은 알고 있다. 토마토나무는 128년째 열매를 맺지 않고 있을 뿐 잘못이 없고 나는 토마토나무를 쪼는 수탉을 쫓기 위해 수탉에게로 뛰어갔다. 동시에, 옥상 한가득 토마토꽃이 피었다. 나는 대령의 얼굴을 한 번도 본 적이 없다.

●퇴역 대령: 가브리엘 G. 마르케스의 「아무도 대령에게 편지하지 않다」의 주인공, 퇴역한 후 수탉을 키우며 도착하지 않는 연금증서를 기다린다.

불가능한 가능들

나는 입 닫치지 않았다. **나는 피살되지 않았다.** 나는 봉사하지 않았다. 나는 만지지 않았다. 나는 싸우지 않았다. 나는 기여하지 않았다. 나는 태어나지 않았고 노래 부르지 않았다. 나는 사무적이지 않았다. 나는 맹렬하지 않았다. 나는 피로하지 않았고 힘이 세지 않았다.

안개 자욱한 서늘한 새벽 막다른 골목에서 날렵한 오토바이가 달려왔다. **양옥집에서 피아노 치는 소리가 들려왔다.** 피아노 소리와 오토바이는 골목 입구에서 부딪혔다. 오토바이 운전자가 사망했다. **CCTV는 그 모두를 기록했다.** 사망 사고가 발생했지만 사람들은 관심을 두지 않았다. **반드시 안개 속에서만 만나는 남자와 여자는 안개가 걷히기 전에 사랑을 나누고 안개가 걷히기 전에 헤어졌다.**

나는 감상적이지 않았다. 나는 여전히 죽지 않았다. 나는 구르지 않았다. 나는 호소하지 않았다. 나는 올라가지 않았다. 나는 훼손하지 않았다. **나는 희생되지 않았다.** 나는 부탁하지 않았다. 나는 먹지 않았고 아프지 않았다.

빨랫줄에 걸린 아기 옷이 흔들리고 있다. 아기가 누구의 아이인지 아무도 확신하지 못했다. 아이의 엄마는 아이를 품에 안지 않았다. 당신의 두꺼운 외투 안쪽에 감춰둔 불가능한 날씨들을 궁금해한 것이 내 잘못의 전부다.

악몽, 보이지 않는 것과 말할 수 없는 것

너는 뭐냐라고 말하는 순간
햇빛이 눈을 쪼았다
불의 문장을 갖고 싶은 사람의 주소를 알고 있다
오래된 모래언덕을 파헤치니
10년 전 헤어진 애인이 나온다
무뎌진 무릎을 깎기 위해 칼을 샀다
울지 않은 새는 하루 종일 날지 않는다
저녁이 오면 새의 발을 먹고 싶다
한 번도 시간의 혀를 본 적이 없다
노인이 술에 취한 젊은이를 질책한다
처마 밑에서 여자가 남자를 기다린다
여자가 코피를 흘린다
남자가 여자보다 빨리 걷는다
햇빛이 내 정강이를 걷어찬다
친절한 이모가 없다
내일 아침 아홉 시에 물을 마신다
철물점에 모여 있는 나사를 구경한다
내일을 좋아하지 않는다
아픈 사람을 구경한다
어제가 내일보다 조금 좋다

칼로 새의 발을 자르고 모래 속에 칼을 묻는다
발목이 잘린 새가 울지 않는다
애인이 모래 속에서 얼굴을 내민다
애인의 입에 칼이 물려 있다
이 모든 것은 10년 전 일이다
어제가 내일보다 조금 좋다
남자가 내일을 쓰레기 봉지에 넣는다
남자를 기다리는 동안
여자의 엉덩이에 살이 붙는다
이 모든 것은 오늘 일어난 일이다

제3부

마릴린 먼로
―절망은 가장 아름다운 환상이다

나는 알고 있지. 가장 완벽한 절망은 언제나 배우들만이 표현할 수 있다는 걸. 나는 소금 먹은 고양이처럼 속이타는 치명적인 마릴린 먼로. 옛날 자동차 앞에서 치렁치렁한 숄을 늘어뜨리고 나른한 눈동자를 반짝이며 정치가와연애를 하지. 하루 종일 눈물의 종류를 고르고, 어떻게 하면 부모의 침실 문을 부술 수 있을까, 오늘 밤 애인의 심장을 얼마큼 도려낼까 곰곰 생각하지. 나는 천치 같은 마릴린 먼로. 세상이 아프면 나도 아파서, 타락하면 타락할수록 더 아름다워지는 걸 어느 날 깨달았지. 나는 도도한 표정으로 지난 신문을 읽고, 나를 사랑한 순정파 고향 청년에게 편지를 쓰고, 나의 구애를 거절한 남자에게 침을 뱉을 줄도 알지. 나는 침대 위에서 해일처럼 치달으며 울고무릎도 꿇지만, 아무도 날 가진 사람은 없어. 어둠을 통제하는 건 오직 나의 살의와 농담뿐. 주치의의 뺨에 키스 정도는 할 줄 알고, 시인들의 습관적인 거짓말을 동정할 줄도 아는 내가 천진난만한 목소리로 "정말 고독할 때는 설탕에 집착하면 돼"라고 말할 때나 "노을을 바라보면 끓던피가 잠잠해져요"라고 말할 때, 사람들은 절망이 배우에의해 완성된다는 걸 깨닫지. 나는 우아한 마릴린 먼로, 절망만이 나를 완성하고 나를 가질 수 있었지.

시인의 기원에 대한 확인되지 않은 가설

유전 체계의 교란이 있었다고 알려졌다. 시인의 어미는 먹지 말았어야 할 약을 먹었고 아비는 69일째 자꾸 술이었다. 그들이 홧김에 사랑했던 밤 한 아이가 잉태됐다. 산달이 되어 커다란 두 눈만큼 감당할 수 없는 크기의 공포를 가지고 태어난 아이가 시인으로 자라는 동안, 저음으로 노래하는 말과 수신호는 진흙 속 두꺼비들의 주파수와 같았다. 웅웅거리다가 마침내 귀를 뚫는 낙숫물 같은 말이나 색종이처럼 떨어져 꽂히는 말이나 알아듣는 이 없기는 매한가지. 시인은 느리게 성장해 낮술을 거나하게 마시고 혈통서를 한쪽으로 밀어 두었다. 그가 약병을 엎지르며 차마 태양 쪽으로 걸어가지 못하는 사이, 음지 속 항아리에 핀 누룩의 언어들만 해사했다. 그의 언어는 마른 탱자처럼 가벼운 향기를 좇고자 했으나 끈적거리는 우림 속에 갇혀 젖은 땅에 스미고 만다. 쿵쿵거리며 맡아야 하는 속세의 냄새는 매캐하기만 한데 얼굴을 돌려서는 안 되는 게 그에게 내려진 형벌이었다.

그리고 너는

두 마리의 개가
차바퀴에 깔려 죽은
비둘기의 날갯죽지에 코를 박고
더 이상 존재하지 않는
하늘의 냄새를 맡고 있다
그리고 너는
황홀하지 않아서
발가락이 시렵다
사랑 앞에 놓인 전치사를
지우던 밤
큰 눈이 내린 도시의 까마귀들처럼
불편한 신경질 때문이라고
그리고 너는
나를 바라보던 마지막 눈을 닦고
그리고 너는
귀를 파다가 죽었지
죽어 버렸지

당신이라는 고독

보이지 않는
음란한 손가락이 가리키는
방향들
어둠 속에 숨어 있는
토끼를 삼킨 늑대의
입안에 고인 침
흘러가는 구름이 퍼뜨리는
루머와
몽상이 담장 밑에서
빨갛게 익었다는 소식
맹렬하게 북상 중인
내 형제들이 탄 기차
축구공처럼
떼굴떼굴 굴러오는
종잡을 수 없는
공포의 속도
소화되지 않은
어린 토끼의 신음 소리
이대로
끝내지 않으면

죽어도 죽지 않을 것만 같은
당신이라는 고독

고립의 체위

나는 사랑스런 여동생을
가져 본 적이 없어요
그녀가 임신하는 걸 상상할 수 없는
난 나쁜 형들과 놀았죠
나는 냉장고를 가져 본 적이 없어요
아기를 가져 본 적도 없고요
당연히 아기를 냉장고에 넣어 본 적도 없어요
나는 화장품 속에 들어가 보지도 않았고
관 속에 누워 본 적도 없어요
딸기잼 속에 빠져 본 적도
바나나 우유에 잠긴 적도 없어요
나는 당신의 입속에 들어간 적도 없고
당신을 입속에 넣은 적도 없어요
나는 손가락을 뱀에게 줘 본 적도 없고
손가락으로 당신을 찔러 본 적도 없고
책을 씹어서 삼킨 적도 없고
오로지 상상만 했을 뿐,
내 영혼은 얼음판 위에서 거푸 미끄러지고
쓰러질 것처럼 피로한 여름날,
나는 총을 가져 본 적도 없지만,

총으로 쏘고 싶은 적은 가져 보았지만,
적을 꺼꾸러뜨릴 배포를 가진 적이 없군요
나는 빛나는 공포의 백지와
빛나는 창백했던 오후와
빈집과
그림자들,
손을 움직이는 연필들의 서걱거리는
서러운 기억들,
내가 가졌던 것들의 최후는
이제 기억에서 없어졌고
나는 이제 나를 감싸고 물들이는,
모든 상상 속에서만 존재하고 소유하는
불쌍한 우주의 주인이 되었어요
주인처럼 고립되었어요

시인 공화국

말이 없어서 격조가 있는 K. 다리가 없어서 성격이 좋은 P.
두 번 죽어서 영원히 사는 H.

우리의 노래엔 가락이 없다.

지침이 없어서 용의주도한 L. 예의를 잃어서 죽음을 갖게
된 Y. 발가락을 잃은 채 춤을 추는 O.

우리의 밤에는 억양이 없다.

눈이 멀어서 빨리 걷는 U. 늙지 않아서 유치를 키운 C.
퇴폐주의 버스 운전사를 열렬하게 사랑한 T.

우리의 사랑엔 도약이 없다.　　　.

바다를 건너서 무릎이 아픈 A. 내가 아니어서 네가 된 N.
사무치지 못해서 간질병에 걸린 S.

우리의 모든 꿈엔 반전이 없다.

노천에서 기억을 한정 판매하는 R. 만두처럼 귀를 늘어
뜨리는 W. 지구력이 강해서 키가 작은 X.

우리의 가슴엔 심장이 없다.

모멘트

바이올린 다섯 개를 삼키고 그는 바다에 도착했다.

다행히 바다는 그를 의심하지 않았다.

조개를 캐러 온 아낙들 몇몇이 입을 손으로 가리고 웃을 뿐이었다.

그날 밤 그는 몇몇 아낙의 초대를 받았다.

다음 날 아침 아낙들의 사타구니에서 바이올린 냄새가 났다.

바이올린 냄새는 피아노 냄새와는 다른 것이다.

거짓말을 한 사람과 진실을 말한 사람의 슬픔이 다른 것 처럼.

바다 앞이어서 그나마 다행이었다.

환자의 책

　의사를 만나기 전 나는 스스로 적어 넣은 병력의 책을 불에 태웠다. 그 책엔, 과거의 나는 상처를 입은 적이 있다, 과거의 나는 아직 백치의 미래다 따위의 문장이 적혀 있었다. 내가 처연한 눈으로 책의 상처를 바라보았을 때, 상처가 날 알아보았을 때, 내 눈도 상처를 입었으며, 나는 상처가 곧 단 한 권의 책이란 걸 알았다. 나는 나 자신이 쓰고 읽는 상처 입은 나의 책을 갖고 싶었다. 내가 책 안에 써넣고 싶은 것은 상처의 내력과 모험, 그리고 불치의 희망 같은 것이었다. 상처 입은 책은 곧 책의 세포들인 문장을 감염시킨다. 상처가 무서운 건 감염과 전이 때문인데, 문장으로 상처가 감염되었을 때, 이미 책은 손을 쓸 수 없는 위대한 상태에 이른다. 지혜로운 의사는 환자에게 상처를 보이지 않는다. 환자가 상처를 보는 순간 환자는 회복의 의지를 상실하고 맹렬하게 상처에 순종하게 되기 때문이다. 결국 환자는 제 몸의 상처를 동경하게 된다. 환자의 책, 환자의 문장은 이런 지배와 구속의 암거래로 만들어진 것이다. 환자는 끝내 의사에게 자신의 가족력을 알리지 않는다. 의사는 최선을 다해 착각한다. 책이 환자가 몰래 키운 상처의 훌륭한 은유가 될 수 있는 건 이 때문이다.

참새의 반대말은 개구리

비의 반대말은 무엇일까
생각하다가, 분수쯤 될까 하는 생각에 잠시 웃고는
반대말을 가지고 있는 것들의
행복함, 떠들썩함 그리고 풍요로움에 대해서 생각해 보
았습니다
예를 들어서 서쪽이라는 반대말을 가지고 있는 동쪽은
얼마나 씩씩하고 건장하고 영특하게 느껴집니까
그러나 반대말을 가지지 못한 모든 것들은
어쩐지 우울해 보입니다
반대말을 가지지 않은 것들
그러니까 장롱이나 발목 같은 것들은
적막하기 이를 데 없잖아요
그래서 나는 반대말을 가지지 못한 것들에게,
가능한 것들부터 하나하나
반대말을 만들어 주자고 생각했습니다
그것은 돈이 드는 일도 아니었고 시간이 많이 걸리는 일도
아니었습니다
권태를 관리해야 하는 내 처지에
딱 어울리는 일이었지요
그래서 처음 생각해 낸 것이 참새였습니다

반대말이 없는 참새의 반대말을 생각했죠

그다지 오래 고민하지 않았을 때

나는 참새의 가장 그럴듯한 반대말을 생각하게 되었습니다

그것은 개구리였습니다

참새의 반대말은 개구리

해의 반대말이 달인 것과

팽창의 반대말이 수축인 것과는

아무런 상관없이

참새의 반대말은 개구리가 아니면 안 된다고

나는 충분히 사랑받지 못한 아이의 고집을 갖게 되었습니다

아무런 근거는 없었지만

나는 참새의 반대말이 개구리라고 믿기 시작했습니다

그 믿음은 내가 한 번도 들여다본 적이 없는

내 깊은 긍지에서 나온 것,

반대말을 가지게 된 개구리와 참새가

참 어울린다고 나 혼자 생각하고

어제는 다른 길을 걷는 자의 생을 한참 바라보았습니다

추일서정
—노부부의 가을

노인의 손모가지처럼 마른
감나무 가지에서
홍시 한 알이 툭, 떨어진다
일흔이 넘은 할머니는
쌀뜨물에 된장을 풀고 있다
할아버지는 아침 일찍 경찰서에 불려 갔다
그의 낡은 손이 옆집 여자애의 치마를 벗겼다고 한다
위대한 문장들을
더 이상 찬양하지 않겠다
밤이 되면 학대받은 고양이들이 몰려올 것이다
여자애는 오늘 밤 어렵고 무서운 꿈을 꾸겠지
이를테면 닭집 아주머니의 눈이
어떤 닭의 눈과 마주치는 꿈
초승달은 단물이 빠진 사탕처럼 초라해서
할머니는 눈물 속에
바늘과 모래가 들어 있다는 걸 안다
경찰서에 불려 간 할아버지는
밤이 깊어도 집으로 돌아오지 않는다
그가 없으니 고양이만 좋다
여자애가 할아버지의 담배 냄새를 씻는 동안

할머니가 된장국에 넣을 두부를
정확히 반으로 자른다

전능한 ( )

괄호가 막차를 타고 왔다

괄호는 오후 내내 빨간 훌라후프를 돌렸다

괄호는 위내시경 예약을 하고

괄호는 학교를 뛰쳐나갔다

괄호와 연어샐러드를 먹고

괄호와 남미에 가고 싶다

괄호는 근위축증을 앓고 있지

괄호는 테니스를 좋아하고

괄호는 테니스공을 괄호 안에 넣는다

괄호는 세상에 테니스공만큼 귀여운 것은 없다고 생
각하지

괄호는 언제나 중립적이고

괄호는 마음만 먹으면 섹스를 잘한다

괄호에게 사랑 고백을 하면

괄호는 거품을 물고 쓰러진다

괄호 사이로 화물차가 지나가도

괄호는 죽지 않는다

괄호에게 십만 번 윙크하고

괄호의 엉덩이에 키스하고

괄호의 입속에 철수세미를 쑤셔 넣는다

괄호와 남미에 가고 싶다
괄호와 남미에 가서 돌아오고 싶지 않다
괄호의 이름은 리마나 차베스가 적당하지
괄호는 괄호 안에서 죽고
괄호는 괄호 안에서 재생된다
괄호는 오후 내내 괄호 속에 있었다
괄호에게 언제나 나는 괄호하자고 말했다

장미꽃이 피고 있네

저녁의 허기를 참고
장미꽃을 심었지
청동으로 빚은 노을이 눈부셨네
이곳이 안이고 저곳은 밖이라는
손가락들의 야만
당신이라는 합리가 쓸쓸해질 때,
시민들의 생애는 얼룩이 묻은 면바지처럼
더러워졌네
마개가 없는 콜라 병처럼 피로해졌네
저녁의 허기를 참고
장미꽃을 심었지
구애하는 소년들이 자꾸 장미꽃을 꺾어도
그만둘 수는 없는 일
작년에도 왔던 망상이
딱정벌레처럼 담을 오르고 있네
조금씩 조금씩 멈추지 않고 오르고 있네
저녁의 허기를 참고
장미꽃을 심었지
만약 내가 장미꽃을 심고
눈부신 노을 속에서 죽을 수 있다면

그건 작은 행운일까
모든 죽음은 오만한 기적
장미꽃이 피고 있네

우울증 환자에게
—토카타와 푸가를 위하여

요즘 무슨 생각을 하고 있니?

처음 본 꽃들과
구름 위의 세계를 보았던 자의 고독에 대해,
오빠는 어젯밤 교통사고를 당했지.
중학교 때 배운 노래가 떠오른 순간
무당벌레가 손바닥에 앉았고.

요즘 무슨 생각을 하고 있니?

전동차가 한강을 건너고,
수많은 환자들이 병원 계단을 올랐지.
처음 보는 꽃들이 피는 아침,
하모니카를 불던 어린 입술과
손가락 끝에 머문 습관들.
구름 위의 영토를 보았던 오빠는 어젯밤 트럭에 치었지.

요즘 무슨 생각을 하고 있니?

농담이 사는 근처로 이사 갈까.

세상에서 가장 힘이 센 건 농담이니까.
처음 보는 꽃들이 피는 아침.
내 아버지가 가끔 증오했던 아들,
오빠는 어젯밤 구름 위로 날아갔지.

요즘 무슨 생각을 하고 있니?

언제나 내겐 결핍이 부족해.
이 공화국은 너무 뜨겁고 싱거우니까
빌라의 아이들이 줄넘기를 넘는 저녁,
허리가 잘록한 예쁜 언니들이 배드민턴을 치네.
깊고 어두운 눈물을 거두고.

아일랜드식 농담

나는 처음부터 널 보고 있었지. 아일랜드 민요가 흐르는, 네가 있는 곳은 꽃보다 화려한 샹들리에가 달린 연회장이었지. 짙은 보라색 드레스를 입은 너는 잔을 들고 움직였지. 그 잔에 따른 것이 나의 피인 줄도 모르고 너는 다른 남자에게 다가갔지. 너는 그 남자와 잔을 부딪치며 웃었지. 웃을 때, 내 피가 부주의하게 출렁일 때, 너의 눈동자가 움직이고, 너는 그 눈동자로 네 앞의 남자를 유혹했지. 나는 너를 보고 있었고 잔 안에서 흔들리는 나의 피도 보았고 마지막엔 잔을 높이 들고 있는 너의 순결과 비겁도 보았지. 남자와 잔을 부딪친 너는 잔을 입에 가져다 댔지. 내 피가 너의 입술에 닿았지. 남자는 내 피가 묻은 너의 입술에 키스를 하고, 놀란 너는 잔을 떨어뜨리고, 내 피가 바닥을 적시고, 너는 울 것 같은 표정이 되었고, 남자는 마침내 너를 향해 고백했지. 당신을 사랑해요. 너는 웃을 수조차 없었지. 피는 풍성한 비밀의 세계를 만들었지. 꾸물꾸물 흘러온 피가 내 발을 적실 때, 나는 돌이킬 수 없는 모든 네가 일제히 피 냄새를 풍기며 내게 달려오는 것을 보았지.

희극의 기원

　조금도 자랑스럽지 않은 직장에 계약된, 자신의 삶을 끝내지 못해 안달하는 무명 시인의 위험한 취미는 이런 것. 자기 발가락을 만지며 이런 시체의 발치고는 너무 뜨겁잖아, 라고 말하는 것. 그는 모르네, 그의 삶에 개입하려고 줄을 선 것들의 무례한 의지에 대해. 그러니까 첫사랑에 낭패한 소녀의 엄마와, 백내장에 걸린 노인의 눈동자와, 재수 없는 날씨와, 연애의 모순을 이해한 시인 지망생과, 버스 운전수의 나빠지는 방향감각 같은 것들이 자신의 삶을 창호지처럼 찢고 지나가리라는 것을. 이건 도대체 누구의 잘못도 아니다.

극사실주의

소녀가 문을 열고
아파트 밖으로 나온다,
소리 없이 비가 내리고 있다,
반바지를 입은 소녀는,
굽이 낮은 운동화를 신고 있다,
소녀의 외투는 보라색,
말투는 서울 말씨다,
반바지에는 고양이 털이 묻어 있다,
소녀는 잠을 충분히 잤다,
많은 사람들이 TV를 보면서 웃고 있다,
소녀는 보호되었고,
당분간 살해당하지도 않을 것이다,
언젠가 민들레 홀씨가 소녀에게 날아온 적이 있다,
소녀의 간은 싱싱하고,
소녀의 미래는 바다처럼 출렁인다,
소녀는 분홍색 목도리를 사고 싶다,
소녀가 서 있는 곳으로,
열차가 소리를 지르며 달려온다,
소녀의 무릎이 깨진 적이 있다,
소녀는 목적이 없고,

반바지 아래 다리만 길다.

우아한 경솔함

우리는 말을 했어요
모욕은 언제 가장 아름답습니까
수선화가 우리 집 옥상에 피었습니다
기차는 북쪽으로 달려갔고요
우리는 말을 했어요
기쁨은 어디에서 타락합니까
감자를 먹으면 노래를 불러 주세요
병을 감춘 늙은 개와
자부심을 갖고 싶은 빈자의 아들에 대해
우리는 아무 말도 하지 않았습니다
상냥함은 누구의 최선입니까
박해와 수난은 어느 상점의 진열품입니까
여자를 사랑하는 남자의 이름은
모자이크 처리를 하세요
우리는 말을 했어요
길고 긴 침묵의 분별력에 대해
지금 지나가는 사람에게
힘껏 사랑한다고 말하는
저 깊고 우아한 경솔함에 대해

고요한 밤 거룩한 밤

고요한 밤에
내 여자가 죽으면
오래된 토마토밭에 묻을 거야
장화 신은 폐병쟁이 사내들을 불러
침을 뱉고 꾹꾹 밟아 줄 거야
다시는 부활할 수 없도록
환영과 공포에 갇히도록
그래서 울부짖도록
싱그러운 토마토가
썩은 토마토의 기름진 허영 위에서
다시 붉어지지 못하도록
거룩한 밤에
내 여자가 죽으면
오래된 토마토밭에 묻을 거야
침 뱉는 폐병쟁이 사내의 권태가
깊이 고인 그 밭에
읽힌 적 없는 욕망을
말없이 엎드리게 할 거야

제4부

그레고리 실종 사건
—현대시 장면 전환 기법에 대한 실험

1. 그레고리는 세상에서 가장 외롭고 서러운 어부였다. 아무도 그레고리를 사랑하지 않았다. 가족조차도.

2. 그레고리는 스스로 죽을 결심을 하고 방파제로 나가 바다에 뛰어들었다. 그 모습을 본 것은 스무 마리의 돼지를 싣고 도축장으로 향하다가 주유소에서 용변을 보기 위해 잠시 차를 멈춘 화물 트럭 기사 스티븐스였다.

3. 바다에 뛰어든 그레고리는 그레고리 부인의 남편이고 딕과 제인의 아버지였다. 그레고리 부인은 남편을 자주 흉보았고 길거리에서 자신에게 상냥하게 말을 건네는 젊은 전도사 세바스찬의 엉덩이를 흘끔거렸다.

4. 경찰이 그레고리를 찾기 위해 느릿느릿 바다로 들어갔다. 바다는 출렁거릴 때마다 심한 악취를 풍겼다. 그레고리 부인은 경찰에게 그레고리의 인상착의를 성의 없이 설명했다.

5. 화물 트럭 기사 스티븐스는 도축장에 전화해서 자신이 지금 매우 중요한 목격을 했고 경찰에 협조하기 위

해 도축장에 늦게 도착할 수밖에 없는 상황을 설명했다.

"사람이 바다에 몸을 던지는 걸 두 눈으로 봤다구요!"

6. 그는 좀 흥분해 있었다. 돼지들은 트럭 화물칸에 엎드려 잠을 잤다. 몇 녀석은 똥을 지렸다.

7. 그레고리 부인은 목이 길고 어깨가 좁았다. 그레고리 부인은 결혼하기 전, 가수가 되어 전국을 돌아다니는 삶을 꿈꿨다.

8. 딕과 제인은 그레고리 부인을 닮아 호리호리했다. 딕은 진지했고 왼손잡이였다. 제인은 바다에 들어간 아빠가 조금 불쌍하다고 생각했다.

9. 경찰은 그레고리를 찾지 못했다. 그들은 늘 그랬고 그래서 이상한 게 아니었다.

10. 그레고리는 마지막으로 자신이 권태롭지 않았던 순간을 상상했다. 그레고리는 바닷속에서 바다 위로 머리를

내밀지 않고 다른 쪽 바다로 열심히 헤엄쳐 갔다.

11. 경찰의 보트가 따라오지 못할 무시무시한 속력이었다. 그레고리는 바다를 완벽하게 지배했다.

12. 경찰은 그레고리를 찾지 못해 미안하다고 말했다. 그들은 늘 그랬고 그래서 이상한 게 아니었다. 그레고리 부인은 경찰을 보고 씨익 웃었다.

13. 그레고리 부인은 우유와 베이글을 경찰에게 대접했다.

14. 스티븐스는 재미있는 일이 너무 일찍 끝나 버렸다는 표정이었다. 그의 트럭에서 그날 중으로 목숨을 잃게 될 돼지들이 한두 마리씩 잠에서 깨어나고 있었다.

아,

아웅, 하고 우는 여자들의 식성,
아침부터 내리는 비,
아무래도 난 염소가 제일 좋아,
아무 깊이가 없다는 장점,
아일랜드 남자들의 평균 수명,
아직도 죽지 않은 옆집 개,
아니야, 이 문장은 틀렸어,
아지랑이와 우물과 무지개는 서로를 모른다,
아주 깊고 어두운 밤의 이론,
아예, 나를 항문 속에 구겨 넣지 그래,
아나크로니즘에 빠진 소설가의 고집,
아궁이 속 불꽃의 일관성,
아버지가 모르는 아들의 신경질,
아닌 것에 안심하고 아닌 것을 사모한다,
아기를 낳은 처녀의 종교,
아늑한 피로의 첨단,
아마도 날 사랑할 순 없을 거야,
아슬아슬한 이쪽 창문과 저쪽 창문의 거리,
아르헨티나 노인은 아무한테나 친절해,
아프고 연약한 책상과 침대들,

아가씨란 말은 쑥스러우니 빨간색으로 쓰자,
아낌없는 농담의 수위,
아담의 사과를 도려내라,
아쉬웠지, 내가 나를 모르는 동안,
아카시아가 팝콘처럼 터지네,
아까는 정말 미안했어요,
아멘

문장 연습 2

회복될 수 없는 병에 걸린 늙은 개가 주인에게 고통을 숨기려고 흘리는 끈끈한 침을 묘사하는 일과 요금 몇 백 원 때문에 택시 기사와 다투는 젊은 시인의 눈동자를 묘사하는 일, 그리고 그제 죽은 술주정뱅이 아들을 묻고 돌아온 노파의 무표정한 봄날 오후를 묘사하는 일은 우주적으로 존재하고 소멸하는 일의 사소한 장엄을 생각할 때, 완벽하게 똑같은 일이다.

비밀의 목적

나, 목적이 없는 비밀을 갖고 싶은 적 있었어요. 그것은, 당신이 상상하는 것처럼 죽어 가는 나뭇가지를 한 번쯤 손으로 받쳐 주는 일이거나 달아오른 아스팔트 위 달팽이를 음지의 이끼 위에 놓아주는 일처럼 근사한 일은 아니에요. 오히려 그 반대죠. 대체적으로 비밀은 남루하고 가난하니까요. 그런데도 왜 사람들이 비밀을 만드는 일을 멈추지 않는지 당신은 아세요. 그것은, 견딜 수 없도록 자기 자신을 사랑하기 때문이에요. 비밀은 자신에게 드리는 예배 같은 것이거든요. 나, 목적 없는 비밀을 갖고 싶어요. 그것은 하루 종일 빗줄기의 개수를 세는 일이거나 구름의 긴 방랑을 응시하는 일, 우물이 키운 모래알이 사막 한복판으로 나아가는 일. 그래서 당신 말고는 아무것도 바라보지 않는 눈을 갖게 되는 일. 당신은 부디 몰라야 하지만.

고양이를 위한 서사

내가 아는 고양이와 내가 모르는 고양이들의 저녁은 모두 가난하다. 고양이를 생각하는 사람들의 사랑도 모두 가난하다. 가난은 난감하고 신비해 에스컬레이터를 타고 방긋 웃으며 두 손에 선물을 가득 든 당신과는 무관한 일이다. 당신과 나 역시 무관해서 다행이다. 우리는 모르는 채 영원히 살고 있어서 서로를 살해할 가능성도 없다. 내가 아는 고양이는 당신을 알지 못하고 내가 모르는 고양이는 당신을 본 적이 있다. 나는 그것을 조금만 안다. 인연에 대해서 충분히 배운 적이 없어서 당신이 새 구두를 신는 동안 나는 내가 얼마나 불행한지도 모른다. 불행은 모르는 동안 나와 무관하다. 모르는 것이 풍족한 사람들이 가난한 사랑에 빠지는 것은 습관이어서 내가 아는 고양이가 취객의 발길질을 피해 담벽으로 뛰어오른다. 내가 모르는 고양이는 무엇을 하고 있는지 알 수 없다. 모든 종류의 비극과 연루되어 있는 내 저녁과 고양이의 저녁은 관련이 없다. 내가 아는 고양이와 내가 모르는 고양이들이 같이 운다. 당신도 고양이의 울음소리를 듣는다. 공포가 모든 가난한 사랑에게 평등하게 깃드는 것은 장엄이어서 어제까지 서로 알지 못하던 것들이 내일은 함께 우는 저녁을 맞이할 수도 있다. 고양이들이 어딘가로 우리를 끊

임없이 안내한다.

타인은 지옥이다

나는 당신들처럼 그렇게 나쁘지 않아. 당신들은 도무지 나쁘잖아. 아아 당신들은 당신들이 얼마나 나쁜지 모를 거야. 영영 모를 거야. 죽어도 모를 거야. 나는 당신들처럼 숭고하지 않아. 당신들처럼 오래 살지도 않아. 당신들처럼 노련하지도 않고, 당신들처럼 햇빛과 곡식도 많지 않지. 당신들처럼 지혜롭지도 않고, 당신들처럼 비겁하지도 않아. 당신들은, 영영 모를 거야. 나뭇가지에 숭어나 넙치 같은 물고기가 매달리는 시절이 와도, 내가 당신들과 어떻게 다르고 당신들을 얼마나 두려워하는지, 내가 당신들을 얼마나 사랑하는지 당신들은 영영 모를 거야. 나는 당신들처럼 배부르지 않고 나는 당신들처럼 서럽지도 않아. 나는 다만 당신과 다를 뿐, 당신과 내가 같을 때 나는 순식간에 나빠진다는 걸 알아. 아아 그건 최악이야, 영영 모르는 당신으로서는 상상조차 할 수 없는 비유지. 당신들의 잘 닦인 구두처럼 당신들의 다림질한 와이셔츠처럼 나는 황홀하지 않아. 나는 당신들이 아니야. 나는 당신들처럼 부지런하지도 않고 당신들처럼 타락하지도 않아. 아아, 나는 늘 아프지만 당신들처럼 그렇게 나쁘지는 않아.

불확실한 진실과 막무가내식 농담

　시를 희롱한 너의 손가락에 가끔 불을 지르고 오래된 골목에서 잠시 통곡할게. 너는 자꾸 떠나려는 내 어깨를 쇠망치로 두들겨 줄래. 하하호호 웃는 소녀들에게 가장 멀리 가는 길을 묻고 지난겨울은 훌륭했다고 말해 줘. 연인이 떠난 밤의 텅 빈 성욕을 다스리고 폭소에 새겨진 비극의 눈동자를 보니. 우리 모두는 어느 곳에서 가끔 회개를 하고 어느 곳에서는 소금을 찍어 고기를 먹는다. 나는 빌어먹을, 좀처럼 없어지지 않아서, 진흙 묻은 신발처럼 자꾸자꾸 무거워져서.

어젯밤에 우리 아빠가

어젯밤에 우리 아빠는, 다정하신 모습으로 한 손에 크레파스를 사 오지 않았다. 아빠는 붉게 물든 낙엽의 속도로 미끄러져 마당에서 떼굴떼굴 굴렀다. 아빠의 빈손은 닳고 닳은 크레파스처럼 뭉툭해서 사랑을 색칠할 수 없었다. 아빠는 자갈과 눈물의 왕국에서 파견된 어리숙한 외교관처럼 긴 혀를 풀어서 알 수 없는 음계를 웅얼거렸다. 달빛에 드러난 아빠의 배꼽에 푸른 이끼가 끼어 있었다. 아빠의 흐물흐물한 그림자 뒤로 이 빠진 창문이 매달려 있었다. 나는 창문 안쪽을 들여다보는 낯선 눈들을 어떻게 색칠해야 할지 몰라 잠이 오지 않았다. 엄마는 붉은 귀까지 이불을 끌어올리고 잠을 잤다. 내 도화지 속 세상은 무채색으로 굳어 갔다. 아빠가 크레파스를 사 오지 않은 어젯밤, 굴뚝 너머로 까마귀가 날아오르고 골목을 점령한 연인들이 노골적으로 밀어를 나눌 때 아빠는 빗자루를 들고 골목을 뛰어나가 연인들을 내쫓았다. 크레파스도 없고 크레파스를 한 손에 든 아빠도 없던 어젯밤은 무섭고 어려워서 오래도록 환한 밤이었다.

헤어진 다음 날

너와 헤어진 다음 날, 길가에서 죽어 있는 고양이를 보지 못했다, 목욕하는 여인을 상상하지 않았다, 골목마다 가득 버려진 헌책들의 나른한 저자가 되는 장면을 머릿속에 그려 보지 않았고, 기침이 심한 시내버스 기사에게 첫사랑의 이름을 물어보지 않았다, 거스름돈을 잘못 준 편의점 여자에게 머리칼을 짧게 자르라고 말하지 않았다, 나는 나를 순식간에 버렸다, 배고픈 고라니가 순수한 눈동자를 버리듯, 너와 헤어진 다음 날, 나는 겨우 존재하는 나를 닮은 것들에게 시비 걸지 않았다, 눈이 구두코 위에 쌓이는 밤 나는 산타클로스의 평균 수명에 대해 상상하지 않았다, 나는 가끔 출근길에 마주치는 지나치게 빠르게 걷는 어떤 사내의 다음 생애를 떠올려 보았을 뿐, 평생 빨리 걷는 사람들의 비애와 그 비애의 난처함을 짐작하지 않았다, 내가 나를 버린 날, 나는 아무렇지 않게 양말을 갈아 신었고 아무런 노래도 흥얼거리지 않았으며 매혹적인 걸인에게 적선하지도 않았다, 적선이라는 말이 다만 한없이 우습고 형편없다는 생각을 했을 뿐이다, 내가 너와 충분히 헤어져 보았던 다음 날.

우리가 이와 같아서

게으른 군인들이 전투화를 햇빛에 말리고 있다.
노인들은, 오늘도 어제 앉았던 의자에 앉아 있다.
키스를 하면서 눈동자가 붉어졌다는 증언과
도요새가 외발로 서서 처녀의 불안한 긍지를 지켜보았
다는 증언,

너는 그곳에서 나는 이곳에서
우리는 매일매일 이별하는 데 성공했다.
눈이 다 녹기 전에, 강아지들의 발톱을 깎아 주어야 한다.
정류장에 지난겨울 맡긴 세월도 찾아야 한다.

군인들은 전투화를 햇빛에 말리고 있다.
노인들은, 오늘도 내일 앉을 의자에 앉아 있다.
장의사가 자신의 직업을 바꾸려고 한다.
그는 신기한 요리를 배우고 싶어 한다.

당신의 오랜 주치의가 당신의 질병을 질투할 때,
그럴 수도 있고 저럴 수도 있는 게 인생이라는 증언과
겨울밤 잃어버린 귀로의 추억,
당신은 삶을 막을 방패를 가진 적이 없다.

나는 누구인가요, 라고 힘껏 던진 질문에 대해
한 번도 친절한 설명을 받지 못했다.
어둠 속에서 생애가 탄로 난 그대,
그러므로 울지 마라. 모든 삶이 미안하다.

부정사가 오늘의 날씨에 미치는 영향에 대한 고찰

　며칠 전 나는 회사에서 퇴근을 한 후, 몇 편의 연극과 영화에서 불구적인 욕망에 침잠하다가 마침내 파괴되는 문제적인 현대인의 캐릭터를 연기했던 배우 K와 대학로 카페에서 만나지 않았다. 그 대신 나는 종각역까지 걸어가 독자들과 심각하게 불화하고 있는 소설가 P를 만나지 않았고 그가 꿈꾸는 노스탤지어가 무엇인지도 묻지 않았다. 몇 분의 시간이 흐른 뒤, 나는 지하의 중고 서점에 들어가 셰이머스 히니의 시집 126쪽에 밑줄 긋지 않았다. 대신 나는 붉은 옷을 입은 아홉 명의 승객이 타고 있던 273번 버스를 타고 가다가 불현듯 생각난 것처럼 버스 기사에게 노르웨이로 가 달라고 말하지 않았다. 나는 아현동 정류장에서 내려 횡단보도 한가운데에서 매우 짧은 스커트를 입은 아름다운 여자가 '헬프 미'를 외치며 주저앉아 우는 것을 보지 못했다. 나는 신촌역 지하도에서 만난 역무원에게 당신에게로 나가는 출구를 묻지 않았다. 나는 거대한 백화점을 지키는 경비원에게 다가가 노동부 장관을 만나게 해 달라고 말하지 않았고 나의 노동을 사랑하지도 않았다. 그날 밤 잠자리에 들기 전 나는, 탕진되는 잉여의 시간을 애도하지 않았고 남은 생애의 안녕을 바라는 기도를 올리지 않았다. 다음 날, 서울 강남 지역에 시간당 60

밀리미터의 폭우가 쏟아지지 않았고 잠수교도 잠기지 않았다. 그리고 나는 심지어 죽지도 않았다.

북쪽 도로를 내다보다

깊은 겨울밤, 당신과 나는
늦은 저녁을 먹고 창밖을 내다보았다.
거기엔 북쪽으로 뻗은 도로가 보였다.
처음 보는 도로는 아니었다.
당신도 알다시피 우리는
서로를 알아보지 못하는 나무에 가깝다.
북쪽 도로는 녹이 슬어 멈춘 자동차들로 가득했다.
자동차들은 자기 바퀴를 부끄러워했다.
술을 더 사 오기엔 너무 늦은 시간이다.
나는 낡은 기타의 현과
현 사이에서 명멸하는 은원을 아느냐고 당신에게 물었다.
당신은 내가 사랑하고 미워하는 것들을
알고 싶지 않다고 대답했다.
이 도시의 경찰들은
틈만 나면 몽둥이를 깎는다.
당신은 사람이 사람에게 이제 그만 말을
가르쳤으면 좋겠다고 말했다.
그 말이 마음에 들어서 나는
당신이 태어난 곳을 가 보고 싶었다.
당신은 좋은 교육이 살인을

저지를 수도 있다고 말했다.
나는 불이 매력적인 건 자신의 기원에 대해
함구하기 때문이라고 대답했다.
당신이 이 말을 좋아했는지 확신할 수 없다.
녹이 슬어서 더 이상 구르지 않는
자동차들이 멈춘 북쪽 도로를
할 일 없이 창밖을 탐닉하는 당신과 내가 보고 있다.
더 이상 진화하지 못하는 관념들이
창턱을 넘지 못하고 어둠 속에서 흩어지는 밤이다.
당신도 알다시피 우리는
서로를 알아보지 못하는 나무에 가깝다.

눈의 백일몽

덥고 가난한 실론 섬에서 일하러 우리나라에 온, 눈자위만 흰 젊은 사내가 늑대처럼 사나운 한국인 관리자에게 매를 맞고 공장 문을 막 나서는데 그의 검은 콧등에 눈 한 점이 툭, 하고 떨어진다. 그가 태어나서 처음 목격하는 최초의 눈, 차갑고 뭉클한 한 점이다. 시끄럽고 무서운 땅에 이토록 아름다운 것이 하늘로부터 내려오는 것이 참으로 서럽고 이상한데, 그사이 눈은 그의 어깨에도 툭, 무릎에도 툭, 눈동자에도 툭, 떨어진다. 그의 온몸이 눈과 처음 만나 환해질 때, 그는 자신에게 매질을 한 이의 마음속에 살고 있는 늑대를 용서하기로 한다. 늑대와 함께 살 수밖에 없는 그이의 외로운 영혼을 감싸 주기로 한다. 덥고 가난한 실론 섬에서 일하러 우리나라에 온 젊은 사내가 눈 오는 길을 걷는다. 하얀 눈 속을 매 맞은, 검은 자가 지나간다.

알리바이

키스하고 싶은 사람과
노래를 부르고,
죽이고 싶은 사람과 밥을 먹네
가난하고 병신스러운 우리의 미래,
꽃은 닷새 뒤에나 피고
서러운 새는 부리를 씻는데,
아무도 지나가지 않는 골목에서
무럭무럭 자라는
전생의 그림자
늙고 병든 개가 두리번거릴 때,
키스하고 싶은 사람과
노래를 부르고,
죽이고 싶은 사람과 밥을 먹네
그것만이
살아 있었다는,
어제까지 살아 있었다는 증거
사랑받지 못한 거짓말과
거룩한 편애와
새빨간 슬픔 사이에
오래 서 있는.

폴란드 사람의 섹스

폴란드 사람, 폴짝폴짝, 잔디를 밟으며, 뒤꿈치를 깨물
며, 폴짝폴짝 섹스를 하네, 폴란드 사람, 폴짝폴짝, 손바닥
부딪치며, 과일을 씹으며, 폴짝폴짝 섹스를 하네

아름다운 음악이 끝나도
나무가 쓰러져도
폴란드 사람은 폴란드 사람,
저리 꺼져 버려 병신아, 폴란드 사람이 폴란드 사람에게,
개만도 못하지만
장미보다 아름다운 폴란드 사람,
충분히 학대당한 오후
바르샤바에 널리 퍼지는 피아노 소리
폴란드 사람은 적을 용서하고 미친 듯 사랑했지,
창녀보다 비천하고
공주보다 고귀한
폴란드 사람처럼 폴란드 사람처럼
비는 점점 거세지지
시인은 죽어 가지

폴란드 사람, 폴짝폴짝, 잔디를 밟으며, 뒤꿈치를 깨물

며, 폴짝폴짝 섹스를 하네, 폴란드 사람, 폴짝폴짝, 손바닥
부딪치며, 과일을 씹으며, 폴짝폴짝 섹스를 하네

권태주의자

나는 권태주의자야, 라고 말했을 때
애인은 남미에 가고 싶어, 라고 말했다
나는 그 말이 너무 어려워
권태주의자의 미래는
마르크스주의자의 왼쪽에 농담주의자의 아래쪽에 있다
고 말했다
이런 말을 하는 열등감은
창문 위쪽에 화분의 오른쪽에 있다는 말은 하지 않았다
가터벨트를 채우고 애인이 화물차를 타고 떠날 때
은퇴한 아버지는 성장한 딸의 관능이 불편하다
모르는 것을 모른다고 할 때
아는 것조차 알 수 없다고 말할 때
술집에 모인 우스운 사내들의 성욕이나
빚을 갚지 못하는 부흥교회 목사의 우울은
자만심 강한 시인에 의해 함부로 묘사되고,
우리는 어쩔 수 없이
세상에서 가장 무서운 거울 앞에 당도한다
거울이 절벽의 다른 이름이라는 것쯤은
시민들도 알아야 하는데,
그들은 좋은 교육을 받은 적이 없다

내가 힘껏 울었던 흔적을 지우고
나는 권태주의자야, 라고 말했을 때,
언제나 세상은 소란으로 가득 찼다
그 소란의 중심 속으로 가터벨트를 채운
애인이 스며들어 간다
폭우를 피하는 습관적인 개처럼.

겨울의 시

가난해서 모독을 당한 사람을 지나칠 때와
왼발 안쪽 복사뼈를 전갈에게 물렸을 때,
나는 어느 쪽이 지루한 불행으로부터 더 멀어진 것이라고
생각해야 할까

기차는 슬픈 사람들을 태우고 절망도 없이 밤하늘을 향해
전속력으로,

기차 안에는 이별을 하고도 울지 않은 남자와
오늘 밤 신부가 되어 버린 여자가
지나간 신문을 나눠 읽고

나는 기차를 오른쪽 겨드랑이 사이로 통과시키며
가장 낮게 가라앉았던 사랑을 추억한다
교만과 연민으로 삶을 표현해 보라는 명령에는
동의할 수 없어서,

기차는 슬픈 사람들을 태우고 절망도 없이 밤하늘을 향해
전속력으로,

입을 벌리고 별을 올려보다가 까마귀 똥을 삼켰을 때와
사랑을 가르쳐 준 여자의 주소를 잃어버렸을 때,
　나는 어느 쪽이 위대한 비극으로부터 더 멀어진 것이라
고 생각해야 할까

　그대여, 내가 내릴 역의 이름을 묻지 마라
　기차는 겨드랑이의 협곡을 돌아 다시 출발하네.

사촌의 농장

술이 깨면서 문득 이런 생각이 들었다
내게 퉁명스런 사촌이 있고
사촌이 농장의 주인이라면
나는 반바지 차림으로
사촌의 농장에 견학을 가서
사촌이 지배하는 돼지들의 절망과
사촌이 사랑하는 칠면조들의 기쁨을 목격하고,
사촌이 만든 비료를 먹고,
세상에서 가장 비통한 소설을 쓰고 싶다고.
사촌의 농장에는
농장에 있는 모든 것들이 있지
농장 밖에서는 볼 수 없는 것들이 다 있지, 이를테면,
완벽한 통제,
규율,
농기구,
살충제,
주삿바늘,
노끈,
똥과 삽,
도덕적인 환희,

나는 사촌의 농장에 가고 싶다
그리고 다시는 농장 밖으로 나가고 싶지 않아
날씨가 아무리 좋아도
밖으로는 한 발자국도 나가고 싶지 않아

별사

—K에게

　당신에게 사랑과 타락을 가르친 나의 직업은 연민, 가을이 성수기다. 당신은 나의 낡은 농담으로부터 기원되었다. 당신이 기형도의 악천후와 카프카의 신경질에 대해 얘기하는 동안 나는 내가 묻힐 무덤 속의 날씨를 지루하게 상상했다. 나는 예컨대 이렇게 지껄였다. 파란 창공이 싫어 동굴을 택한 박쥐는 그 덕분에 어둠을 할퀴는 손가락을 갖게 되었고, 날개들은 죄 달라붙었다고. 자신이 곧 은유라는 오만한 지위를 포기하지 못하는 한, 박쥐는 거꾸로 매달려 피를 말리는 수밖에 없다고. 내가 말을 끝마쳤을 때 당신은 눈동자를 바위처럼 아래로 굴려 떨어뜨렸다. 그리고 나를 떠나겠다고 말했고 실제로 그렇게 했다. 나는 당신의 미래를 가리키기 위해 손가락 하나 펴지 못했다. 그러므로 내 열 손가락은 위대하게 실패했다는, 형편없는 은유의 증거다. 동굴의 입구를 당신의 실루엣이 가득 메웠다.

마지막 밤

　네가 모텔에서 나와 도서관으로 걸어가는 사이, 나는 지하철에 뛰어들었고, 네가 도서관에서 책을 읽는 사이, 나는 지하철 차가운 레일 위에 누워 있고, 간판을 내리는 식당처럼 세상은 일제히 망해 갔으며, 모든 종류의 사랑은 불이라도 붙은 듯 소란스러웠다. 소란스러운 사랑으로 세상은 가득 찼으나 사람들은 술집에서 사치스러운 험담을 나누고, 내가 누운 레일 위로 전동차는 달려오고, 소년과 소녀들은 거짓말을 하거나 키스를 하고, 도서관에 갇힌 너는 진부한 문장의 미래를 손가락질하고 있다. 너와 나의 모험을 이해한 사람이 아무도 없어서 오늘 밤은 어젯밤처럼 언제나 지구의 마지막 밤이다.

기록되지 않을,
시인의 뒷모습에 대하여

정재훈(문학평론가)

이봐, 자네 '시인'을 혹시 아는가? 앙상하게 마른 몸으로
방금 우리 앞을 지나가던 자가 바로 시인일세. 뭐? 아, 그렇
지. 자네 눈썰미 하나는 내 인정하겠네. 우리가 있는 이곳
에 소문으로만 떠돌고 있지만, 자네처럼 나도 그 소문이 진
짜라 믿고 있네. 그럼 자네도 그의 얼굴을 보았나? 아마 그
의 진짜 '얼굴'을 봤다면, 자네도 고개를 끄덕일 수밖에 없
었을 걸세. 그의 얼굴을 보면 "유전 체계의 교란이 있었다"
(「시인의 기원에 대한 확인되지 않은 가설」)는 걸 단번에 알 수가 있
지. 난 그의 부모가 누구인지는 조금도 관심이 없네. 다만,
나는 그가 "약병을 엎지르며 차마 태양 쪽으로 걸어가지 못
하는" 불길한 발걸음을 멀리서 목격했을 뿐이야. 자네도 그
발걸음을 본 적이 있는가? 시인의 행보란, 유독 우리가 잠
든 깊은 밤에만 벌어지는 일들 가운데 하나일세. 게다가 그
가 "저음으로 노래하는 말과 수신호"를 듣거나 보게 된다

면, 소문을 향한 나의 믿음은 조금이나마 증명이 될 법도 하네.

시인을 둘러싼 모든 '가설'들은 어찌 보면 무성한 소문들일 수 있지만, 그것들은 우리가 알고 있던 무언가를 비틀고 찢을 수 있다는 점에서 불온하다 봐야겠지. 사람들은 시인의 불온함을 도저히 참지 못하네. 아마 공포를 느끼기 때문일 게야. 왜냐고? "저음"에는 그런 힘이 있거든. "수신호"도 마찬가지지. 그 변종과도 같은 문법을 과연 누가 단번에 알아내겠는가? 쉽게 이해할 수 없어서, 매끄럽게 받아들일 수가 없기 때문에 불안하고 공포를 느끼는 거라네. 안온한 이곳의 사람들은 그를 가리키며 이상하고 음습한 인간, 아니면 세상과 타협할 줄 모르는 괴상한 자라는 이미지를 덧씌우고(『히키코모리의 고백』) 쉽게 단정해 버리지. 하지만 이건 시인에 대한 너무나도 부당한 처우일세! 그가 '코페르니쿠스'(『코페르니쿠스적 가설』)처럼 진지한 얼굴을 했을 수도 있지 않겠는가? 하지만 애석하게도 진실한 것에 다가가기 위한 진지한 불온은, 늘 거만하고 오독(誤讀)만을 일삼는 기존의 불온에 의해서 언제든 공격당하는 법이지.

그리고 또 뭐? 그의 뒷모습을 보았냐고? 아, 자네도 그의 "엉덩이"(『엉덩이에 대한 명상』)를 본 게로군. 그런데 자네는 그 묘사가 불순하다고 생각하는 겐가? 갑자기 목소리를 낮춘 게 그런 이유인가? 자넨 그저 "표현하지 않고 침묵"하려는 자의 "가장 수상한 육체"를 본 거뿐이라네. '침묵'은 모든 현상에 대한 암묵적인 가설이고, 변종들의 유일한 출생증

명서이자, 저들만이 융통하는 가장 강렬하고도 은밀한 표식이지. 시인들은 정말로 '엉덩이'처럼 아무런 내색도 하지 않으면서, 늘 다른 사람보다 가장 먼저 무언가를 기획하려 들지. 세상의 모든 불온함은 아무렇지 않음을 가장한 채로 서 있는 것일세. 주위로부터 쏟아지는 의심의 눈초리야말로 그가 얻을 수 있는 유일한 활력인 셈이지. 진정 불온한 자는, 그 의심을 언젠가 사람들 앞에 실현시키려 노력한다네. 암튼 자네가 본 '엉덩이'는, 자네도 갖고 있지 않은가? 육신에 대한 '가설'을 저자는 '엉덩이'로(침묵으로) 내세운 걸세. 그러니 이따가 자리에서 일어나게 되면, 자네 엉덩이에 대해서도 꼭 한번 생각해 보게나.

당신의 지옥은 저쪽이야.
왜 그런지는 가 보면 알지.
저쪽은 당신이 태어나지 않은 유일한 곳이고
당신이 돌아가야 하는 곳이거든.
당신은 욕망과 함께
어디서든 매일 태어났잖아.
저쪽의 체제, 다시 말해
저쪽의 고통과 폭소
저쪽의 고통과 폭소와 휴일
저쪽의 고통과 폭소와 휴일과 소음
저쪽의 고통과 폭소와 휴일과 소음과 동경이
당신의 삶을 영원히 보호할 거야.

저쪽으로 가는 길은

낙석주의 표지판이 서 있고

서러운 늑대의 거처가 있다고 알려져 있지만,

당신이 저쪽으로 가는 동안에는

아무 일도 일어나지 않을 거야.

당신의 반대자들이 일제히 비난을 멈추는 것,

당신의 저격수들이 총구를 식히는 것,

그것이 바로 지옥의 능률이거든.

당신이 저쪽으로 가는 데 동의만 한다면

그들은 안심하거든.

당신의 최후를 겨냥하지 못한 태만을 자책하는,

저쪽의 풍속을 처음 목격한 이가

딱 한 번 고개를 돌려 뒤를 돌아볼 때

당신은 안전하게 지옥에 도착하게 돼.

그곳에서 부디 사랑하며 행복하게 살기를.

　　　　　　─「당신의 지옥은 저쪽입니다」 전문

　자네, 지금 그가 향한 방향이 어딘지 묻는 겐가? 참, 빨리도 물어보는군. 내 짐작대로라면, 그의 발걸음이 향한 쪽은 아마도 "지옥"과 그리 멀지 않은 곳일 걸세. 그리고 언젠가 시인이 문득 가던 길을 멈춰 뒤돌아서서 본다면, 우리가 앉아 있는 이쪽이 그에게는 "저쪽"이 되겠지. 이쪽과 저쪽이라는 경계는 실로 모호할 따름이네. 중요한 것은 우리가 상상하지도 못할 법한 더욱 무시무시한 '정신의 지옥'이 이쪽이든 저쪽이든 어디에나 있다는 점이지. 그리고 그 '지옥'은 자네가 떠올릴 법한 풍경과 전혀 다를 것이네. 그곳은 오히려 편안하고, 무엇이든 매끄럽게 말들을 주고받는 곳이지. 그렇게 서로가 서로에게 "사랑하며 행복하게 살기를" 축복하며 온갖 아름다운 말들만 지껄이는 곳! 이 얼마나 "능률"적인 안온함이란 말인가! 그런데 왜 그곳이 지옥이냐고? 그곳의 말들에는 의미의 '간극'이 없기 때문이야. 일말의 긴장조차 발생하지 않으니, 어떠한 '죽음'도 일어나지 않는다네. 천국의 영생이 축복이라는 순진한 생각을 부디 거두게나.

그는 죗값을 치르기 위해서가 아니라, '시인'이라는 이름에 합당한 대가를 얻고자 '지옥'으로 향한 것일 수도 있네. 이건 시인만이 품을 수 있는 "욕망"이지. 시인은 '지옥'에 가서 '간극'을 파헤치고, 그곳에 죽음을 전파하려고 할 걸세. 그런 그의 뒷모습을 보기 위해서 우리는 이곳의 질서와 관습을 벗어던지려는 용기가 필요하지. 시인이 향하려는 그 '욕망'의 방향이 언제나 일직선인 건 아니니까 말일세. 무엇이든 이쪽과 저쪽을 나누려는 이분법적인 시도야말로 시인의 행적을 끔찍하게 오독(誤讀)하는 것이라네. 이곳의 사람들은 무언가를 매끄럽게 나누려고 하는 심산을 지녔으면서도, 어떤 말을 전달할 때만큼은 그 '간극'을 어떻게든 줄이려고 애를 쓰지. 하지만 우리가 정작 알아야 할 것은 이 '간극'에 있지 않을까, 나는 생각해 본다네. '간극'과 마주한다는 것은 결국 쉽게 메울 수 없는 공동(空洞)을 두 발로 서서 내려다보려는 용기인 게야. 하지만 이런 '간극'을 본 적이 없는 저들의 '천국'이란, 우리가 정녕 알아야 할 것이라고는 전혀 없는 그저 텅 빈 세계라네.

"정신의 가난이 자라 담쟁이넝쿨처럼 앙상한 무릎을 타고 머리끝에 올라선다"(「불과하다」)라고 시인이 쓴 대목을 다시 생각해 보게나. 그러고 보니, 자네 이마에도 그 넝쿨이 남겨 놓은 상처가 여전히 남아 있군. 대부분의 식물들은 자신의 생존을 위해서만 노골적으로 움직이지. 물질적인 여유와 안락만을 꿈꾸는 이곳의 사람들 사이에서도 "정신의 가난"이 자라는 데 전혀 손색없는 최적의 환경이 조성될 수 있다네. 이것은 언제든지 탐욕스러운 '넝쿨'처럼 자라나 우리를 집어삼키려 할 걸세. 그 시작이 언제부터인지는 중요치 않네. 오히려 그것에 의해 잠식되어 맞이하게 될 비참한 결과가 우리에게는 더 중요하지. 그것이 완전히 잠식한다면, 우리의 정신은 결국 고사(枯死)하게 되겠지. 텅 빈 정신으로 그저 몸뚱이만 유지한 채 먹고사는 데에만 골몰하는 꼴이라니! 아무리 "가난하고 병신스러운 우리의 미래"라 할지라도 "어제까지 살아 있었다는 증거"를 우리는 찾아내야 하고(「알리바이」), 이를 더 강렬히 끌어안을 수밖에 없네.

의사를 만나기 전 나는 스스로 적어 넣은 병력의 책을 불에 태웠다. 그 책엔, 과거의 나는 상처를 입은 적이 있다, 과거의 나는 아직 백치의 미래다 따위의 문장이 적혀 있었다. 내가 처연한 눈으로 책의 상처를 바라보았을 때, 상처가 날 알아보았을 때, 내 눈도 상처를 입었으며, 나는 상처가 곧 단 한 권의 책이란 걸 알았다. 나는 나 자신이 쓰고 읽는 상처 입은 나의 책을 갖고 싶었다. 내가 책 안에 써넣고 싶은 것은 상처의 내력과 모험, 그리고 불치의 희망 같은 것이었다. 상처 입은 책은 곧 책의 세포들인 문장을 감염시킨다. 상처가 무서운 건 감염과 전이 때문인데, 문장으로 상처가 감염되었을 때, 이미 책은 손을 쓸 수 없는 위대한 상태에 이른다. 지혜로운 의사는 환자에게 상처를 보이지 않는다. 환자가 상처를 보는 순간 환자는 회복의 의지를 상실하고 맹렬하게 상처에 순종하게 되기 때문이다. 결국 환자는 제 몸의 상처를 동경하게 된다. 환자의 책, 환자의 문장은 이런 지배와 구속의 암거래로 만들어진 것이다. 환자는 끝내 의사에게 자신의 가족력을 알리지 않는다. 의사는 최선을 다해 착각한다. 책이 환자가 몰래 키운 상처의 훌륭한 은유가 될 수 있는 건 이 때문이다.

—「환자의 책」 전문

시인에게 '살아 있었다는 증거'는 바로 그 '고통'을 껴안는 데에서 나오지. 저들의 천국에 속하지 않는 자, 오염된 말들을 전파시키려는 불온한 자는 우리가 모르는 고통을 독점한 자이기도 하네. 모든 살아 있는 것들은 고통을 느끼는 거 아니냐고? 하지만 시인이 지닌 "유전 체계"는 특히나 고통에 예민한 습성을 지녔다고 봐야겠지. 시인의 불온한 습성은 "상처"로만 증명되며, 시인의 "책", 다시 말해 한 권의 시집에는 그가 감행하게 될 "감염과 전이"의 씨앗들이 담겨 있다네. 매끄럽게 통용되는 '어법'을 오염시킬 만한 강렬한 유전적 정보 말일세. 그러니 이곳 사람들의 입장에서는 당연히 두려울 수밖에. "환자의 책, 환자의 문장"은 오직 "암거래"로만 유통되는 밀수품과도 같네. 밀수품이란 게 뭔가? 시장의 질서를 교란하는 불온한 것이지. 환자인 시인이 내놓은 책과 문장이 지닌 "상처의 내력과 모험, 그리고 불치의 희망 같은 것"이야말로 이곳에 세워진 말들의 질서를 교란시키는 것이라네.

자네, "지혜로운 의사"에 대해 묻는 겐가? 자네는 어떨지 몰라도, 나는 "의사"들의 말을 전혀 신뢰하지 않아. 왜냐고? 그들은 시인의 "처연한 눈"과는 전혀 다른 눈을 가지고 있기 때문이라네. 오히려 그들은 '날카로운 눈'을 지닌 자들이야. 게다가 그들의 눈에 비친 "상처"라는 건 그저 서둘러 제거하고, 관리해야 하는 대상일 뿐이라네. 환자인 시인이 "상처"를 "동경"하는 것과는 전혀 다른 게지. 그럼 왜 "지혜로운 의사"가 환자에게 "상처"를 보이지 않는 것이냐고? 그건 '의사'라는, 이곳의 질서가 보증한 권위를 유지시키기 위함일세. 의사는 "상처"를 독점함으로써 자신이 환자를 제어할 수 있다고 "착각"하지. 하지만 환자가 제 몸에 난 "상처"에 "순종"하는 순간부터, 그건 '제거'나 '관리'의 대상이 아니게 돼. 그렇게 된다면 '의사'라는 권위는 당연히 무너지지 않겠는가? 자네는 치료를 둘러싼 종속 관계(의사-환자)가 당연한 거라 생각하나? 세상을 바꿀 "훌륭한 은유"는 전복을 염원하는 기도(企圖/祈禱)로부터 나오는 법이네. 그것도 "몰래" 말일세!

다시, '책'에 자네의 눈길을 보내 보게나. 문장에 깃든 "감염과 전이"의 불온한 가능성을 두려워하지 말고 받아들여야 하네. 가난했던 정신을 감염시키고, 생소한 것을 전이하려던 불온한 '책'들이 모두 하나같이 불(火)을 맞이했던 건 익히 잘 알려진 역사이지 않은가? 시인에게 '책'은 이곳과는 전혀 다른 별개의 세계를 의미하는 듯하네. 그가 말한 '책'의 세계에 대해 누군가는 또 이런 말을 남기기도 했지. "책의 지면이 신성한 영토인 까닭은, 그 위를 흐르는 공기가 그것을 읽게 만들고, 일상적인 방의 구태의연한 색깔을 단번에 영원히 바래게 하기 때문이다"[1]라고. '바래진 것'들의 문장은 과거에 충실한 '증언자'의 손끝에서 나오며, 또한 '시'의 영토를 지키는 '문지기'가 유일하게 알고 있는 암구호일세. 독자인 우리는 그곳의 눅눅한 공기를 마시며, 쉽게 치료되지 않을 '불치'를 상상해야 하네. 신선한 것보다는 황량해진 것을 향해 유독 "동경"의 눈길을 보낸 자들을 유심히 관찰해 보게나. 필시 그들은 자네보다 더 많은 "상처"를 지니고 있는 자들일 걸세.

우리 집에 수줍게 세 든 뒤
7년을 함께 산, 시 쓰는 신동옥,

---

1 파스칼 키냐르 저, 송의경 역, 『은밀한 생』, 문학과지성사, 2016, p.213.

나는 그 기이한 이름을 가끔

'시인동옥'이라고 늘여서 발음해 보곤 했다

그것은 언제나 내겐 좀 벅찬 일이었다

동옥은 며칠 전 새벽에

자신이 살던 옛집에 유령처럼 들러

그가 살던 방에서 글을 쓰고 있던 내 아내에게

장미 한 송이와 아이스크림을 건네더니

형에게 전해 주라고 했단다

나는 그 시간 깊은 방 이불 속에 웅크리고

비몽사몽간에 아래층에서 들리는 어떤 사내의

몽롱한 목소리를 들었다

그가 시인인지 강도인지 아니면, 아내의 정부인지

나는 밤마다 도지는 깊은 병에 자발적으로 피랍되어 있

었다

피랍된 자가 기억을 찾으러 온 자의 목소리를 듣는 것이다

동옥은 열심히 잠도 안 자고

최선을 다해 밥도 안 먹고 체중이 자꾸 줄어도

술만 마시고 지극히 두껍거나 지극히 얇은 책만 읽었다

그리고 날마다 자라나는 술병들을 치웠다

그의 마른 몸은 아마도

많은 사람들에게 뼈아픈 상상력의 기회를 제공했을 것이다

그러니까 그는 매우 너그러운 상상력의 공여자였다

그의 몸에 대해서 조금만 더 말하자

만약에 그가 여자였다면,

나는 그 몸의 볼륨을, 그 볼륨의 결여된 은유를

탐내지 않을 수 없었을 것이다

그래, 동옥은 오직 결핍만이 풍요로운 자였다고 진술해야

한다

나는 그의 집주인이었으니까 이 정도의 자격은 있다

그는 아침 햇살이 창턱을 넘어오면

함정 같은 방을 나와,

겨드랑이나 사타구니에 핀 곰팡이를 툭툭 털고

책 한 권을 들고는 집 앞 산속으로 자주 들어갔다

들어갔다가 석양빛이 이슥할 즈음

허기를 채운 맹수처럼 천천히 걸어서 돌아왔다

그가 세간을 거두어 떠난 뒤,

나는 그의 빈방에 가급적 내려가지 않았다

그 이유를 나는 조금도 알고 싶지 않다

세상에는 모르면 좋을 것들이 존재하는데,

나는 이것도 여기에 해당한다고 믿는다

달포쯤 뒤, 술김에 들어가 방 한가운데 섰다가

손이 먼저 장판과 벽지를 뜯어보니,

거기 잘 발효된 누룩의 언어들이, 정신의 비늘들이

일제히 뛰쳐나와 깊고 푸른 대기 속으로

뿔뿔이 흩어지는 것이었다

그것은 어쩌면 주인을 찾아가는 먼 길인지도 몰랐다

　　　　—「어떤 방에 대한 기억—신동옥에게」 전문

시인의 방을 그저 "일상적인 방"이라 할 수 있는가? 물론 '방'은 생활의 공간이고, 그곳에 머문 자를 증명하는 곳이지. 그럼 자네가 봤을 때, 무엇이 시인을 '일상적인 것'과 구별 짓는다고 생각하는가? "곰팡이"가 잔뜩 낀 낡은 언어, 황량한 과거를 기억하기에 유일하게 구사할 수 있었던 언어, 이러한 "누룩의 언어들이, 정신의 비늘들"이야말로 시인의 과거, 상처, 불온함을 고스란히 증명하는 것이라고 생각하지 않는가? 이것들은 이미 이곳에 정해진 '어법'만으로는 도무지 해석할 수 없는 '미지의 언어'인 걸세. 어법이 세운 '의미의 감옥'으로부터 "뿔뿔이 흩어지는" 저 불온한 언어들의 행보를 보게나. 마치 인간에 의해 길들여지지 않으려는 "맹수"의 발걸음과 닮아 보이지 않는가? 시인의 눈빛도 맹수의 그것과 비슷할 거라고 나는 상상해 본다네. 자네는 두려운 젠가? 걱정 말게나! 시인은 "맹수"처럼 공포스러울 정도로 "뼈아픈 상상력"만이 아니라, 가끔은 "매우 너그러운 상상력" 또한 "제공"하려는 자일세. "누룩의 언어"도 명주(名酒)처럼 특유의 향을 품은 언어가 될 수 있다는 너그러움을 자네도 부디 발휘해 보게!

그나저나 시인의 책을 읽고 있는 자네를 옆에서 가만히 보고 있자니, "피랍"에 눈길이 더 오래 머문 거 같구면. "피랍"은 독자와 깊은 관련이 있는 단어라네. 시인의 책, 혹은 시, 아니 우리가 아직 마주하지 못한 모든 '시'들도 우리를 '납치'하려고 들지. 시 앞에서 독자는 그저 "피랍된 자"에 불과하네. '사이렌'을 떠올려 보게나. 선원들을 옭아매는 그녀

153

의 목소리야말로 시의 목소리이자, 시가 품은 음악을 상징한다고 봐야 하지. 배(船)에서 뛰어내림으로써, 목적지였을 육지에 깃든 질서와 관습을 모두 망각한 그들은 결국 목소리에 의해 "피랍"된 것이라네. 시적인 문장 앞에서 우리도 우리 자신이 가지고 있었던 모든 권위와 상식, 관념들을 망각하고 결국엔 그 목소리에 포박되는 운명을 피할 수 없지. 나도 내가 '독자'인지, "강도"인지, 또 다른 '시인'이 되려는지, 그것도 아니라면 그의 글을 침탈하려는 '불온한 자'인지 도무지 알 수 없을 때가 있다네.

아, 여기에서도 관계의 '간극'이 드러난다는 걸 자넨 눈치챘는가? 아까 자네에게 말한 종속 관계(의사-환자)가 이 '방'에 대한 내용에서도 드러난다네. "집주인"(시적 화자)과 '세입자'(시인 신동옥)의 관계가 그것일세. 화자는 "집"을 소유한 주인으로서의 권리가 있지만, "자신이 살던 옛집"을 "유령"처럼 방문했던 세입자(시인)의 행보에 관해서는 그 어떤 권한도 행사할 수가 없지. 시인에 대해 "오직 결핍만이 풍요로운 자였다고 진술"하는 것이 그에게 유일하게 허락된 "자격"일 수는 있지만, 그 이상도 이하도 아니라네. 오히려 "몽롱한 목소리"를 지녔던 시인이 남겨 놓고 간 문장들이 지금껏 '집'을 지배했던 주인을 철저히 동요시키지. 시인의 '방'이 던진 풍경(벽과 바닥에 가득 찬 문장들)은 그동안 "집"의 주인이었던 자를 그 자리에서 순식간에 끄집어 내려 버리지.(바로 떨어지는 선원들처럼 말일세!) 뿔뿔이 흩어지는 "누룩의 언어"를 바라보며, 주인은 "어쩌면 주인을 찾아가는 먼 길인지도 몰랐다"고 회상할 뿐이라네. 진짜 '주인'은 정녕 누구란 말인가?

세입자이던 그는 자신만의 문장들을 남겨 두고 어디로 떠난 걸까? 아까 우리 앞을 지나갔던 앙상하게 마른 몸을 가진 그가 혹시 그 세입자인 건 아닐까? 그가 걸어갔을 방향에 대해 자신 있게 말한 거같이 보이겠지만, 솔직히 나도 잘 모르겠네. 그리고 설령 시인이 간 곳이 정말 '지옥'이었다면, 그가 바라본 풍경이 내가 상상한 그것과 과연 똑같을까? 어쨌든 이곳이 지옥이라 하더라도, 우리는 여전히 이곳에서 살아갈 수밖에 없네. "지옥을 순례하기 위해 떠났던 시인"(「삼인칭을 가장한 고백」)도 언제고 그곳에 머물 수만은 없었을 거야. 그러니 "목젖을 손가락으로 건드려 지옥을 순례했던 기억을 토해" 냈겠지. 시인의 이런 행위는 단지 살고자 했기 때문일 테고(어찌 그 끔찍한 기억을 감당할 수 있겠는가!), 우리는 그가 토해 낸 기억을 똑똑히 바라봐야 했지만, 불행하게도 우리는 그것을 단지 더럽고 불온한 걸로만 치부해 버렸다네. "정신의 가난"에 처한 이들은 이제 누군가에게 사소한 시선조차 보낼 수 없게 되어 버렸기 때문에 그런 걸세(자기 자신에 대한 나르시시즘적인 시선은 언제나 유지한 채로 말일세).

이제 자네와의 대화를 마쳐야 할 때가 온 것 같네. 애석하게도 우리는 이미 지나간 것들에 대해서만 잠시나마 대화를 나누었구먼. 이 순간도 결국 먼지와 같은 과거가 될 것이네. 우리 앞을 스쳐 지나갔던 시인의 희미한 뒷모습을 기억으로 겨우 붙잡고는 있다지만, 그렇다고 해서 마치 주인처럼 단언해서는 절대 안 되네. 그건 시인을 오독(汚瀆)하는 걸세. 자네는 그가 불온한 문장으로 이곳의 "끈끈한 침"(『문장 연습 2』)과 "눈동자" 그리고 "무표정한 봄날 오후"를 "묘사하는 일"에 대해 어찌 생각하는가? 지옥과도 같은 황량한 이곳에 누군가가 "우주적으로 존재하고" 있다는 진실을 오롯이 짊어지려 할 때, 그때 비로소 우리의 몫이라는 것도 생길 수 있는 거라 생각하네. 또, 그래야만 "소멸하는 일의 사소한 장엄"을 마침내 온몸으로 느낄 날도 언젠가 오지 않겠는가? "정신의 가난"은 이러한 장엄을 결코 알지 못할 걸세. 뭐? 내 말을 시인의 '책'에 관한 '해설'로 기록해 남겨 두겠다고? 오, 맙소사! 그런 "병신스러운" 짓거리는 제발 하지 말게나. 자, 그 입 닥치고 이제 내 눈앞에서 꺼지시게, 이 오만한 독자여!